KB007800

나이 들수록 나는
젊은 네가 그립다
임채성 시집

나이 들수록 나는
젊은 네가 그립다

초판 인쇄 2021년 10월 19일
초판 발행 2021년 10월 29일

지은이 | 임채성
책임 편집 | 현영환
디자인 | 산타클로스 김현미

펴낸곳 | 판테온하우스
출판등록 | 2010년 4월 22일(신고번호 제313 - 2010 - 119호)
주   소 | 서울시 양천구 목동동로 240, 103동 502호(목동, 현대1차아파트)
전   화 | 070-4121-6304
팩   스 | 02)6455 - 7642
메   일 | pacemaker.386@gmail.com
포스트 | https://post.naver.com/lewuinhewit

종이책 ISBN 978 - 89 - 94943-47-3   03810
전자책 ISBN 978 - 89 - 94943-48-0   05810

이 도서는 한국출판문화산업진흥원의 '2021년 출판콘텐츠 창작 지원 사업'의 일환으로
국민체육진흥기금을 지원받아 제작되었습니다.

나이 들수록 나는
젊은 네가 그립다

임채성 시집

판테온하우스

시인의 말

바람 한 점 없는 밤,
세상은 고요하기만 한데
나는 왜 이리도 흔들리는 거냐
이제 배울 것은 죽음밖에 남지 않았다고 생각했는데
아직도 나는 철(哲)들지 못했나 보다

2021년 8월
임채성

차례

시집을 출간하면서

슬픔과 그리움은 점묘법처럼 온다
조금씩, 천천히, 점점 크게

이별에 대한 예의

일본 돗토리 사구에 가면
밟을 때마다 꺼이꺼이—
우는 모래가 있다지

중국 돈황 명사산(鳴沙山)에 가면
바람이 불 때마다 흐윽흐윽—
우는 바위가 있다지

강원도 영월 청령포에 가면
어린 소년이 울 때마다 엄마엄마—
따라 울던 나무가 있다지

서울 목동 오목교역에 가면
지하철이 오갈 때마다 엉엉엉엉—
우는 사람이 있다지

영혼이 빠져나간 텅 빈 자리는
함부로 건드리면 안 된다지
실컷 울도록 가만히 내버려 둬야 한다지

늙은 경주마의 꿈

이제 숨 쉬는 것도 괴로울 만큼 늙어버렸나 보다

그깟 트랙 세 바퀴에

뼈마디가 달아날 듯 욱신거리다니

혈관을 뚫고 나올 것처럼 솟구치던 피도 어느새 얌전해졌다

밤이면 지병을 앓는 노인처럼

끙끙 앓는 소리를 내기도 하고

아침이면 밤새 메마른 기침을 뱉어내며 기지개를 켠다

바다 건너 멀리 시집간 어린 딸 생각에

눈물 흘릴 때도 있다

술만 취하면 나를 찾아와서

첫사랑 이야기를 들려주던

노란 곱슬머리 청년은

내 큰 눈이 첫사랑과 닮았다며

한참씩 멍하니 쳐다보곤 했다

그때마다 나는 그의 첫사랑이 되어주었고

내게 큰 눈을 물려준 얼굴도 모르는 아버지를 원망했다

머리를 맑게 하는

이상의 시와 눈(雪)을 좋아했던 나는

언제부터인가 생각하는 것을 멈추었다

아무리 달리고 달려도

이상의 시가 될 수 없었고

차안대의 검은 가죽에 눈이 멀어

더는 눈(雪)을 볼 수 없었기 때문이다

사람들에, 세상에 길들여진

내가 할 수 있는 일이란

그들이 이끄는 대로 달리는 것뿐—

가난을 경험해보지 않은 자식은

가난한 아버지를 이해할 수 없고

사랑의 신열을 한 번도 앓아보지 않은 사람은

심장이 끊어질 듯 애타는 그리움을 모르듯

무거운 쇠를 발바닥에 박고 달려보지 않는 사람은

싫어도 싫다고 할 수 없고

미워도 미워할 수 없는

질기고 질긴 운명을 함부로 논할 수 없다

내게 평생 달려야 하는 몹쓸 운명을 물려준

다리가 날씬했던 엄마는

달리다가 달리다가

결국, 피를 토하고 말았다

마지막 숨을 몰아쉬던 날 그녀는

사악한 내 속을 들여다보기라도 한 듯

누군가의 마음을 아프게 해서는 안 된다며

앞만 보며 살아야 한다고 했다

그때부터 숙명론자가 된 나는

엄마의 유언대로

오직 앞만 보면서 달렸고

그런 내게

세상은 수많은 상처와 외로움으로 보답했다

준 것도 제대로 돌려받지 못하는 세상이 원망스럽기도 하지만

죽을 만큼 싫은 것일수록

죽을 듯이 매달려서 떨어지지 않더라

엄마는 얼마나 외로웠을까

엄마는 얼마나 힘들었을까

바람이 분다

늙고

가난하고

외로운 나는

엄마가 보고 싶다

나이 든다는 것, 늙어간다는 것

손 한 번 잡아본 적 없는 첫사랑이 문득 그리워지면

잘한 일보다 못한 일이 자꾸 떠오르면

사람 만나는 일이 점점 힘들어지면

나를 아는 사람보다 내가 아는 사람이 갈수록 많아지면

그래서 무작정 기차를 타고 첫사랑을 만나러 가고 싶다면

그래서 지금이라도 미안하다는 말을 꼭 전하고 싶다면

그래서 혼자 있는 시간이 그리워진다면

그래서 기쁜 일보다 슬퍼할 일이 점점 늘어난다면

나이 들고, 늙어가고 있다는 것

그리움과 후회는 평생 풀어야 할 숙제

누구도 거부할 수 없는 숙명

나이 든다는 것, 늙어간다는 것은
삶 앞에 몸을 바짝 엎드리는
생(生)의 복종

세월

세월이 간다고 슬피 우는 사람아

더는 울지 마라

운다고 가는 세월이 멈추지는 않아

세월은 귀가 없어

아무리 울어도 들을 수 없어

젊은 내 아버지도

꽃 같던 내 어머니도

결국, 세월이 입양했지

결국은 울면서 내 곁을 떠났지

세월은 말이 없어

세월은 정(情)이 없어

더는 지나간 것에 마음 두지 마라

더는 오지 않는 것을 그리워하지 마라

세월은 언제나, 누구에게나 도망가려고만 하니까

환영(幻影)

내 머리는 생각하는 것을 멈추었다

내 양심은 부끄러움을 잊어버렸다

생각이 없고, 부끄러움이 없는 나는

웃음도 닳고 닳은 옛이야기들이 미처 빠져나가지 못한 사연

많은 마음을 붙잡고

날마다 좁고 긴 뒷골목을 서성인다

세월이 지워버린 사람들, 사라진 추억의 환영(幻影)이 밤마

다 출몰하는 어둠의 저편

하지만 거기에도 그녀는 없다

한때는 내 젊음과 심장을 강탈하고

지금은 내 생각과 양심을 멈추게 한 사람

환하게 웃던 그 얼굴이 보고 싶다

봉제 공장의 새벽

커피에 뭔가를 넣어서 마셔야겠다고 처음 생각한 사람을
안아주고 싶다
커피에 크림을 처음 넣은 사람을 칭찬하고 싶다
커피에 설탕을 처음 넣은 사람을 사랑하고 싶다

바람 한 점 없는 심야의 열대림
한때는 이 숲을 누비는 타잔이었을 늙은 남자들과
그런 타잔쯤은 쳐다보지도 않았을 것 같은
또 한때의 늙은 제인들이
먼지처럼 조용히 내려앉은

젊음이 엷어질수록 하나둘 사라져간 옛 친구들
사랑은 죄가 될 수도 있다는 것을 가르쳐준 세월
힘들 때면 한 번씩 내려오던 구원의 밧줄을 타고
야수들이 들끓는 정글을 건넜지

쳇바퀴 속 다람쥐의 소원은 불임(不姙)
달려도 달려도 앞으로 나아갈 수 없는 몹쓸 유전자를 퍼뜨
리는 것은 직무유기
늙은 타잔과 늙은 제인은 스스로 제 몸을 가둔 수인(囚人)

웃음은 벌써 오래전에 행방불명

누구 하나 웃지 않는
쓰디쓴 커피 같은 새벽

임금님 귀는 당나귀 귀

광화문 근처 그러니까 경복궁 부근 그러니까 옛날에 임금님
이 살던 궁궐이 있는 어디쯤, 새벽에만 문을 여는 이상한 카
페가 있다기에 자다가 말고 일어나서 찾아갔지

난선 같은 복잡한 골목을 빙빙 돌다가, 가로등 하나 없는 깜
깜한 언덕을 뻘뻘 오르내리다가, 눈빛 노란 도둑고양이에 깜
짝 놀라서 살짝 정신을 놓았다가, 가야금 소리가 새어 나오
는 큰 대문이 보이기에 ― 여봐라, 게 아무도 없느냐, 라고
했더니 때깔 고운 한복을 차려입고 곱게 화장한 흰여우가 맞
아주더군 흰 웃음 뒤로 꼬리가 세 개쯤 살랑거리더군

여기저기서 수군거리는 소리가 들리기에 무슨 소리냐, 라고
했더니 사방이 대나무로 채워진 방으로 나를 데려가더군 대
나무 숲에서는 '임금님 귀는 당나귀 귀', '임금님 귀는 당나
귀 귀', 라는 소리가 계속 흘러나왔지 다른 사람에게 하지 못
해서 병이 될 것 같은 말을 하는 곳이라고 그제야 여우가 말
하더군 아무리 소리쳐도 누구도 들을 수 없으니 안심해도 된
다더군

가장 먼저 멋대로 돌아가는 세상에 온갖 욕을 퍼부었지 제
발, 어서 망하라고 했지 잘난 것도 없으면서 잘난 척하는 놈
들과 양심이라고는 접싯물보다 얕은 것들, 다른 사람의 아픔
을 모르는 썩은 나무보다 못한 것들도 마음껏 비웃어주었지

그래도 화가 풀리지 않더군 더 많은 욕을 배우지 못한 것이
후회되더군 그래서 더 많은 욕을 배워서 다시 오기로 했지

광화문 근처 그러니까 경복궁 부근 그러니까 옛날에 임금님
이 살던 궁궐이 있는 어디쯤, 새벽에만 문을 여는 이상한 카
페가, 분명 있었는데…
찾아도 찾아도, 찾을 수가 없네

설화(雪花)

듣기만 해도 손이 시린 그녀의 이름은 설화(雪花)입니다 얼굴도 모르는 엄마가 오뚝한 콧날과 함께 유일하게 물려준 유산입니다 어미 잡아먹은 년이라는 소리가 듣기 싫어 한때는 그 이름 대신 무명씨로 불리고 싶었다는 그녀는 버려진 것처럼 홀로 남겨진 세상을 참 씩씩하게도 살아왔습니다

그녀는 가난합니다 제대로 된 옷 한 벌 없습니다 그래서 겨울이 가장 싫다는 그녀를 심술 궂은 계모는 고작 쌀 두 되 값에 집에서 멀리 떨어진 얼음 공장에 팔아넘기고 말았습니다 아버지는 이름으로만 남아 있을 뿐 그녀에게 어떤 도움도 되지 않았습니다 차라리 없는 것만 못했습니다

집을 떠나기 전날, 그녀는 뒷산에 있는 비쩍 마른 배롱나무에 기대어 눈물이 나지 않을 때까지 울었습니다 병아리꽃나무와 버들참나무가 그걸 지켜보았습니다 한때 그녀를 짝사랑했던 베고니아도 숨 조리며 그녀가 우는 모습을 지켜봤습니다 하지만 누구도 그녀의 눈물을 멈추게 할 수 없었습니다

결국, 그녀는 그날 밤 늦은 배롱나무에 목을 매고 말았습니다 밤새 내린 눈에 하얗게 변한 그녀를 가장 먼저 발견한 개똥지빠귀와 쑥새는 온 산이 울리도록 크게 소리쳤습니다 턱이 빠지도록 울었습니다 그제야 잠에서 깬 나무들과 꽃들은 생명이 빠져나간 그녀의 텅 빈 몸을 바라보며 일제히 고개를

숙였습니다 그러자 배롱나무에서 그녀의 목소리가 들려왔습니다 너무 슬퍼하지마, 이렇게 아름다운 꽃으로 다시 태어났잖아 나는 이제 정말 설화가 되었어 내 이름 정말 예쁘지 않니?

나뭇가지마다 설화가 반짝반짝 빛나고 있었습니다

멧돼지를 만나면 우산을 펴라

배고픈 멧돼지가 산을 내려왔다

사람을 봐도 더 이상 겁을 내지 않는 멧돼지는 유유자적 도심을 돌아다니며 백화점에 들러 쇼핑도 하고 편의점에서 컵라면과 삼각김밥으로 배를 채우기도 했다

사람들은 우산을 챙기기 시작했다 멧돼지를 만나면 우산을 활짝 펴서 크게 보여야만 무사하다는 전문가의 말을 믿고 따르기로 한 것이다 여기에 멧돼지는 습성상 앞으로만 나갈 수 있을 뿐 턴을 하지 못한다는 얘기를 듣고 여기저기서 방향을 갑자기 바꿔서 걷는 사람들이 크게 늘었다 한쪽에서는 부지런히 우산을 펴고 한쪽에서는 가던 길을 급히 되돌아가는 코미디 같은 장면이 연출되기 시작한 것이다 하지만 그것도 잠시 겁에 질린 사람들이 더 이상 밖으로 나오지 않자 심심해진 멧돼지가 사람들을 찾아서 집을 방문하기 시작했고 깜짝 놀란 사람들은 비명을 지르며 우산을 펼치거나 도망갔다가 다시 돌아오기를 하루에도 몇 번씩 반복했다

바야흐로 거리는 멧돼지들의 세상이 되었다 백화점에도 편의점에도 회사에도 학교에도 어디나 멧돼지가 넘쳤다 오늘

도 뉴스는 멧돼지의 개체 수가 급격히 늘었다며 외출 시에는
반드시 우산을 챙기라는 말을 잊지 않았다

거리에 우산을 든 멧돼지가 점점 늘고 있다

굶주린 사람들은 결국 멧돼지를 피해 산으로 가기 시작했다
제 몸보다 더 큰 우산을 몇 개씩 손에 쥐고―

12월의 허수아비

추수가 끝난 뒤
한동안 볼 수 없었던 허수아비를
오늘 아침 우연히
오목교역 2번 출구 앞에서 만났다
반가운 마음에 악수하면서
어떻게 지내냐고 물었더니
몸이 안 좋아서 병원에 다닌다고 했다
그러고 보니 살도 많이 빠지고
옷차림도 무척 추레했다
올봄에 아내와 헤어진 후
혼자서 지낸다더니
이것저것 잘 챙기지 못하는 것 같았다
코끝이 찡하고 가슴 먹먹했다
지난여름 내내 나를 대신해서
온종일 땡볕 아래 서 있게 한 것이 마음에 걸렸다
해장술이라도 한잔하자고 했더니
출근해야 한다면서
하나뿐인 목발을 기어이 옮겨 짚었다
누렇고 긴 손이 몹시 추워 보였다
나는 끼고 있던 장갑을 벗어주며

부디 건강 잘 챙기고

무슨 일 있으면 꼭 연락하라며

비쩍 마른 그 가슴에 명함을 한 장 꽂아주었다

그러자 그가 알 듯 모를 듯한 얼굴로 잠시 나를 쳐다보더니

노란 은행잎이 흩뿌려져

나주평야 같은 거리를 총총 걸어갔다,

텅 빈 바짓가랑이를 펄럭이며

무인도

너 가까운 곳으로 이사를 했다

이제 좀 더 자주 만나서

기쁜 일, 슬픈 일, 세상 돌아가는 일 얘기하면서

가끔 술도 한 잔 하고

숨겨둔 애인 얘기도 하면서

기쁘면 기쁜대로

슬프면 슬픈대로

모시조개처럼 곱게 늙어가자

저녁노을처럼 예쁘게 물들어가자

거울
─시인 이상 혹은 김해경의 삶에 부쳐

어떤 야유와 멸시, 폭언에도 절대 울지 않았다지 진심을 몰라주는 세상을 원망하지도 자신을 이해하지 못하는 사람들을 미워하지도 않았다지 유난히 긴 눈사부랭이와 짙은 눈썹, 협수룩한 머리가 한 고집했다지 꼬부라진 뒷골목 이 층 골방에서 날개가 부러진 채 쓴 소설에 정신병자의 잡소리라며 59점을 준 정신 나간 비평가에게는 고맙다며 인사까지 했다지 언제나 하하하 껄껄껄 웃음으로 제 슬픔을 위로하고 감쌌다지 그러면서도 제 혈관에서 짜낸 물감으로 그림을 그리고 제 피를 잉크 삼아 글을 썼다지 아내의 불륜도 눈감아주고 첫사랑을 친구에게 양보할 만큼 아주 대범했다지─ 하지만 그건 모두 헛소리 그리고 왜 아프지 않았겠어 그리고 왜 화가 나지 않았겠어 어려서 일찍 집을 떠난 그는 평생 사람을 앓았어 사람을 그리워했지 그래서 싫어도 싫다고 미워도 밉다고 하지 못했지 불만이 분노가 가슴에 쌓이고 쌓였지 다 쓰지 못한 시대의 혈서가 식도를 타고 올라와서 그를 괴롭혔지 그를 쓰러뜨렸지 무지한 시대와 미개한 종족이 결국 그를 쓰러뜨리고 만 거야 시대의 비극이었지─ 거울 속에서 한 남자가 울고 있네 사랑에 실패하고 세상의 몰이해에 무관심했던 억울한 상형문자

고흐의 정원

옛날 어느 나라에 한 공주가 살았습니다 공주는 이웃 나라
의 왕자를 짝사랑했습니다 하루라도 얼굴을 보지 않으면 미
칠 것만 같았습니다 애가 탄 공주는 결국 왕자가 항상 지나
가는 길을 지키고 있다가 덜덜덜 떨면서 사랑을 고백했습니
다 하지만 왕자는 미소를 지으면서 뺨에 가볍게 입만 맞춰줄
뿐, 아무 말도 하지 않았습니다 공주는 마음이 찢어지는 것
만 같았습니다 제 마음을 몰라주는 왕자가 너무도 야속했습
니다 그러던 어느 날 이웃 나라에 전쟁이 일어났습니다 이번
에도 공주는 왕자가 지나가는 길을 지키고 있다가 "왕자님,
사랑해요. 제발 저를 사랑한다고 말해주세요"라고 했습니다
하지만 왕자는 여전히 미소만 지을 뿐이었습니다 사실 왕자
는 태어났을 때부터 말을 할 줄 몰랐습니다 그 사실을 몰랐
던 공주는 왕자가 자신을 싫어한다고 생각했습니다 그래도
공주는 왕자가 좋았습니다 왕자가 전쟁에서 살아서 돌아오
기만을 빌고 빌었습니다 하루도 눈물 흘리지 않은 날이 없었
습니다 얼마 후 왕자의 나라가 전쟁에서 이겼다는 기쁜 소식
이 들려왔습니다 공주는 즉시 이웃 나라로 달려가서 왕자를
찾았지만, 어디에서도 왕자를 볼 수 없었습니다 왕자는 전쟁
중에 죽고 말았기 때문입니다 충격에 빠진 공주는 시름시름
앓기 시작했습니다 어떤 말로도 공주를 위로할 수 없었습니

다 결국, 공주는 왕자를 기다리던 그 길에서 스스로 목숨을 끊고 말았습니다 그리고 일 년 후 그 자리에는 공주의 예쁜 미소를 닮은 보라색 꽃이 피었습니다

남프랑스 프로방스 언덕 위의 작은 수도원 한때는 정신병원이었던 그곳에 그 남자가 있었다 외사촌 여동생 케이를 사랑하고 창녀 시엔을 사모했던 해바라기 같은 남자 모든 사랑을 거절당해서 평생 짝사랑만 해야 했던 언제나 사랑이 고팠던 남자 사랑 없는 삶은 죽음과도 같고, 사랑 없이는 한순간도 견딜 수 없어서 제 한쪽 귀를 스스로 잘라버린 그의 창가에는 해마다 7월이면 해바라기와 라벤더 향이 가득 흘러넘쳤다 가녀린 보랏빛 소녀와 삐쩍 마른 노란 소년들이 데이트를 즐기는 듯한 그 정원을 바라보면서 아를의 남자는 또 누구를 그리워하며 울었을까
말 못 하는 왕자의 부드러운 미소를 닮은 해바라기의 꽃말은 ─ 당신만을 사랑합니다
보라색 원피스를 입은 순결한 공주 같은 라벤더의 꽃말은 ─ 대답해주세요
남자의 뜨거운 구애도, 공주의 간절한 사랑도 결국은 아무런 말이 없다

춤추는 나의 별

혼돈이 마음속에 있어야 춤추는 별을 만들 수 있다[*]
여자들만 있는 집에서 자라서 여성적이고 섬세한 성격을 갖
게 되었다는 꼬마 목사의 말은 옳습니다 단 한 번도 혼돈을
겪지 않고 춤추는 별을 만날 수 있는 사람은 이 세상에 없으
니까요 아주 어린 시절부터 성경을 통째로 외웠다는 소년은
열네 살에 이미 자서전을 쓸 준비를 마쳤다고 합니다 세상
의 비밀이란 비밀은 모두 알아버린 것입니다 그런 삶이 얼
마나 지루하고 재미없었는지 대학에 가서는 술과 담배와 여
자에 빠졌고, 매독으로 인해 군대도 일찍 마치는 행운을 누
렸습니다 하지만 그때부터 삶과의 고독한 투쟁을 벌이다가
그만 오랜 혼수상태에 빠져 끝내 21세기와 악수하지 못한
채 과거가 되고 말았습니다 도덕이 아닌 피와 땀을 믿었던
그는 증명할 수 없는 것들을 모조리 깨부수고 그 자리에 신
이 아닌 초인(超人)들의 나라를 세우고자 했습니다 신의 죽
음을 믿고, 삶의 모순을 참을 줄 알며, 끊임없는 윤회를 믿
는 바로 당신과 나와 같은 사람들을 위한 카오스의 공간 말
입니다
세상은 정말 최선을 다해서 우리를 속고 속입니다 사람들은
자기보다 가난하고 못 배운 이들을 속이고, 그들은 또 자기
보다 훨씬 가난하고 무지한 이들을 속입니다 그 끝이 어디까

지 이어지는지는 누구도 알 수 없습니다

가난하고 무지한 나는 아무렇지 않게 그들에게 속아줍니다

춤추는 나의 별을 만나려면 어쩔 수 없습니다 많이 속을수록

그 별과의 거리는 점점 가까워지니까요 하지만 걱정입니다

이러다가는 내가 누구인 줄도 모르고, 내가 가야 할 길이 어

디인 줄도 모르고 혼돈의 일부가 되어 사라질 것만 같습니다

나는 누구일까요, 나는 어디로 가야 할까요 오늘도 나는 강

물처럼 세상의 어딘가를 향해 흐르고 있습니다

* 독일 철학자 프리드리히 니체가 《차라투스트라는 이렇게 말했다》

에서 한 말

겨울이 오려나 봐요

사찰 앞 은행나무는 일찍 동안거(冬安居)에 들었어요

동트는 숨을 지키던 새는 귀향했고요

부지런한 산길은 조금 게을러졌답니다

아슬아슬하게 매달린 풍경(風磬)은 목숨이 끊어지기 직전이
고요

새 옷을 갈아입은 선방(禪房)은 새로운 작품을 구상 중입
니다

뭇 바람이 노스님의 장삼을 희롱합니다

겨울이 오려나 봐요

꽃비
― 노량진 사육신묘에서

봉두난발 어린 소녀가 끌려가네

온몸이 꽁꽁 묶여서 소처럼 질질 끌려가네

엊그제 죽은 성승지 댁 작은 아씨라네

아씨는 이제 삼월이나 사월이가 되어야 한다네

아비 이름을 가슴에서 지워야만 한다네

어미 얼굴을 꿈에서나 만날 수 있다네

매화꽃 아래서 젖 몸살 난 어린 아낙이 우네

죽장(竹杖) 짚은 다리 저는 늙은 남자가 우네

아씨, 아씨, 아씨 소리가

개나리꽃처럼 뚝뚝 떨어지네

암자 가는 길

불빛 하나 없는
깜깜한 산길이
어딘들 편하랴
산길이 어둡고 무섭기는
암고양이 소리에 가슴 졸이던 봉천동도
사람이 무섭다는 걸 가르쳐준 목동도 마찬가지

접싯물보다 바닥이 얕은 양심이 이제는 부끄러워

자랑할 것도 없는 삶일랑은 모두 잊어버리자

아, 자장가처럼 들려오는 스님의 목탁 소리
염불 소리 굽이굽이 울려 퍼진다

묵언 수행

매리 소리가 온종일 산문을 넘은 날
스님의 한마디
─저놈의 매미가 얼마나 더 많은 죄를 지으려고
쉬지도 않고 저렇게 떠드는 게냐?

보통의 인간관계

어떤 뜨거운 것도

시간이 흐르면

결국은 식는다는 것이

만고불변의 진리

사람도 예외는 아니라네

소중한 것일수록 늦게 온다

만일 당신이 내적으로 충만한 삶을 살고 싶다면

그래서 속이 꽉 차고 단단해지길 원한다면

지금보다 한 박자 느려져라

소중한 것일수록 늦게 온다

젊음은 반짝반짝 빛이 나더라

아픈 사랑일수록 더 아름답더라

좋은 것일수록 쉽게 친해질 수 없더라

행복은 기쁘고 즐거운 일보다 변함없는 일상에서 오더라

반짝반짝 빛나던 시절에는

모든 것을 걸었던 사랑이 상처가 되었을 때는

엉망진창 같은 삶이 지겨웠을 때는

행복으로 가는 길이 멀게만 보였을 때는

왜 몰랐을까

시간이 지나야만 비로소 그 진가를 알 수 있는 것들

누구나 반짝이는 시절은 언제나 짧다

누구나 반짝이는 시절은 언제나 짧다

세상은 반짝이지 않은 시절을 참고 견디는 이들의 것
언제나 반짝반짝 빛나려고만 하는 이들은 결국 엑스트라
누구도 알지 못하는 반짝이는 기억을 잊지 못한 채
까마득히 사라지고 마는 오리온의 작은 흑점

칠흑 같은 어둠 속에서 조용히 숨을 고르며
제 이름이 불리기만을 기다리는 저 수많은 뭇별은
그 사실을 알고 있을까
네, 하고 잠시 빛나다가 곧 사라져야 할지도 모르는 제 운명을,
그 짧은 행복조차도 온전히 제 이야기가 될 수 없음을,
알고 있을까

어쩌면 나는 내 인생의 주인공조차 아닌지도 모른다
누군가의 지루한 인생에 잠시 끼어든
1막도 아닌 1장 같은 존재,
바람이 불면 형체도 없이 흩어질 것만 같은 미완성의 조각

누구나 반짝이는 시절은 언제나 짧다

아무것도 하지 않은 날

아무것도 하지 않은 날이면
밤이 긴 잔소리를 합니다
그때마다 나는 반성하는 얼굴로
밤의 사랑스러운 제자인 척 연기를 합니다

아무것도 하지 않았다고 해서
정말 아무것도 하지 않은 것은 아닙니다
아침에 뜬 별을 보았고
바람과 수줍게 인사하는 꽃을 보았고
단풍나무의 두 번째 연애를 몰래 지켜보며 웃기도 했습니다

나는 지금 길을 잃었습니다
언제부터인지 원 주위를 맴도는 것만 같습니다

살면서 한 번도 길을 잃지 않은 사람보다는
길을 잃고 헤매는 사람이 훨씬 많다죠

길을 잃은 사람이 행복하지 않을 것이라는 맹신은 어디서 온
것입니까
혼자만의 자유와 고독을 즐기는 사람이 있듯

시속 1킬로미터로 살면서도
행복한 사람도 얼마든지 있습니다

나는 조금 천천히 가고 싶습니다
성인이 된 딸의 예쁜 얼굴을 보고 놀라기보다는
어린 딸과 함께 웃고 우는 아빠가 되고 싶습니다
어린 딸의 소중한 기억이 되고 싶습니다

아침 하늘에 작은 별 하나가 떠 있습니다
버려진 것처럼 홀로 남겨진 별은
지금 열심히 길을 찾는 중입니다

내 몸에는 상처가 많다

오전 2시 마치 제 몸인 듯 둘둘 감고 있던 이불을 천천히 벗는다 그러자 오래전부터 말을 하지 않아 퇴화 직전인 입과 작은 귀, 상아처럼 길게 뻗은 큰 턱이 기지개를 켰다 누군가는 오묘한 그 얼굴이 아이를 처음 낳는 산모를 닮았다고 했다

나는 가난하다 가진 것이라고는 가난밖에 없을 만큼

제대로 된 교육을 받아본 적이 없는 내가 비루한 삶을 이어가는 유일한 방법은 날마다 낭떠러지 위에 집을 짓고 팔을 휘휘 저어가며 볼품없는 나를 내쫓는 이들의 마음을 상하게 하지 않는 것뿐이다 누군가는 그런 나를 야비하다고도 하고 또 누군가는 불쌍하다고도 하지만 어차피 그들 역시 야비하고 불쌍한 것은 마찬가지다 누가 조금 더 야비하고 불쌍하냐는 정도의 차이만 있을 뿐—

내 몸에는 상처가 많다

찔리고 찔린 자리를 또 찔렸을 때의 아픔을 아는가?

초등학교 6년, 중학교 3년 학년이 올라가고 반이 바뀔 때마다 나는 했던 말을 또 하고 또 해야만 했다 담임 선생님께 친구들에게 그런데도 그들은 여전히 궁금한 것이 많았다 나의 꿈과 미래가 아닌 나의 과거와 가난에 대해서 과연 뭐라고 말했더라면 그들이 나를 볼 때마다 활짝 웃게 할 수 있었을까 나는 아직도 그 해답을 모른다

나는 밥을 먹지 않는다 음식의 맛을 기억해서는 안 되기 때문이다

한 번이라도 가난해 본 적이 있는 사람은 알 것이다 밥을 안 먹었을 때보다 밥을 먹고 났을 때가 더 배고프고 참기 힘들다는 것을 나는 뭔가를 먹으면 그 맛을 기억하는 내 혀가 밉다 그 맛을 잊지 못해서 자꾸만 그것을 찾는 가난한 내 위장이 불쌍하다

나는 가난하다

내 몸에는 상처가 많다

나는 밥을 먹지 않는다

모두가 잠든 시간 산모 같은 얼굴을 한 남자가 조용히 허물을 벗고 있다

중년

어느 날,

거울을 보는 데 능구렁이 한 마리가 보였다

온몸이 반질반질 윤이 나고

굵고 검은 때를 두른 붉은 구렁이가

거울 속에서

'쇄~애' 소리를 내며 나를

한없이 노려보고 있었다

아타락시아*

예쁜 꽃 옆에 피다가 만 꽃 한 송이
무슨 걱정이 그렇게도 많아서
저리도 삐쩍 말라붙었을까
무슨 미련이 그렇게도 많아서
지지도 못하고 저리 애태우고 있을까

때늦은 후회와 미련은
오지 않은 것들에 대한 걱정과 염려는
세상 부질없는 것,
일찍 멈출수록 좋은 것

예쁜 꽃을 피우려면
세상일에 아무 관심 없는 방관자처럼
참을성 있게, 조용히 앉아서
아주 천천히 생각하기를

* 흔들림이나 동요가 없이 고요한 마음 상태

어느 겨울날의 적의

누군가가 우는 소리에 깜짝 놀라서

창밖을 내다보니

중년 남자 서넛이

팔다리가 날씬한 은행나무와 입씨름을 하고 있었다

언뜻 보기에도 남자들보다

나이가 훨씬 많아 보이는 은행나무는

그들에게 머리를 바짝 숙이기도 하고

때로는 긴 팔을 휘저어가며 반항도 했지만

살기 넘치는 그들은

경멸하는 눈빛으로 쳐다보며 모욕할 뿐

누구 하나 어머니 같고 아버지 같은 은행나무의 말을 들으려

고 하지 않았다

참다못한 은행나무는 결국 울고 말았다

남자들은 그런 은행나무의 팔과 다리를 차근차근 잘랐다

붉은 선혈이 뚝뚝 흘러내리는 겨울 오후

어린 은행나무가 옆에서 그걸 지켜보고 있었다

부메랑

한쪽 끝을 잡고 공중으로 던지면
똑바로 날아가다가 곧 원을 그리면서
제자리로 돌아온다는 부메랑
오스트레일리아 원주민은 그걸 이용해서 새나 작은 짐승을
잡았다지
붕가리족 전사들은 그걸 이용해서 적의 오른팔을 가격했다지

가볍고 되돌아오는 것은 사냥용
무겁고 되돌아오지 않는 것은 전투용

오래전 아무 생각 없이 던진 말이
어젯밤 나를 찾아왔네
사정없이 나를 가격했지
나는 너무 아파서 웃었네
늦게라도 찾아와준 것이 고마웠네

가볍고 되돌아오는 것은 사냥용
무겁고 되돌아오지 않는 것은 전투용

궤변

물을 가두면 그저 물일 뿐이다네
갇힌 물은 흐를 수가 없다네
흐르지 않는 물은 생명이 없지, 곧 죽고 말지

흐르는 물은 강물이 된다네
강물은 바다가 될 수도 있다네
그러면 영원히 죽지 않고 살 수 있지

어제 내가 가슴에 담은 말은
수천 년 전에 사형당한 어느 철학자의 궤변
오늘 내가 눈물을 흘린 시는
그가 혼자 남을 아내에게 남긴 유언

무지(無智)는 갇힌 물
지혜를 궤변으로 만들지
강물도, 바다도 될 수 없게 하지
어떤 아름다운 시도 생명을 느낄 수 없게 하지

사는 것이 힘들수록 우리는
흐르는 물이 되어야 한다네

물처럼 부지런히 흘러서 강물이 되고, 바다가 되고,

아름다운 시가 되어야 한다네

그러지 않으면

수천 년 전에 사형당한 철학자처럼

우리 말은 궤변이 되고, 갇힌 물이 되어

곧 사라질지도 모른다네

유언은 사치라네, 누구도 궤변가의 말을 들어줄 리 없네

윤회

닳고 닳을수록 돌은 제 속을 그대로 보여주는데
깎이고 깎일수록 나는 왜 더욱 감추려고만 할까

전생에 돌은 큰 깨달음을 얻은 철학자가 아니있을까
전생에 나는 뭔가를 덮고 감싸는 보자기가 아니었을까

돌의 속살이 아름답다며 수집하는 사람은 많지만
사람의 속살이 아름답다며 수집하는 사람은 없네

구르면 구를수록 돌은 윤이 나지만
살면 살수록 사람은 빛을 잃어간다네

다음 생에는 나도 돌이 되고 싶네
의미 없는 말과 생각 대신에
고운 속살을 갖고 태어나서
싫증이 날 때까지 구르고 굴러서
누군가의 사무실을 조금은 빛내고 싶네
만일 전생에 큰 깨달음을 얻은 사람만이 다음 생에
돌이 될 수 있다면 나는
돌이 될 자신이 없네

또다시 뭔가를 덮고 감추면서 살아야 하네

오래된 기억

오늘도 그 길에는 노인이 조용히 고개 숙이고 앉아 있었다 철 지난 패랭이꽃처럼 생기 없는 노인은 매일 그 자리에 쪼그려 앉아 햇볕을 쬐기도 하고 혼잣말을 하기도 하면서 시간을 보냈다 무표정한 얼굴은 타고난 듯 한결같았고 어쩌다가 한 번씩 길게 내쉬는 한숨은 사연이 많아 보였다 올해 팔순이라는 노인은 사는 것이 재미 없다고 했다 나이 들수록 제 몸에서 떨어져 나간 것들이 보고 싶다고 했다 칠십만 되었어도 좋았을 것이라며 영영 잃어버린 젊음을 아쉬워했다

노인은 언제나 혼자였다 길과 하나 된 그 모습은 오래된 풍경처럼 낡고 쓸쓸했지만, 누구 하나 노인에게 관심을 두지 않았다 그러기는 노인 역시 마찬가지였다 드문드문 혼잣말을 할 뿐 누가 오는지 가는지 전혀 신경 쓰지 않았다 그리운 것은 발자국 소리만 들어도 알 수 있다고 했다 가끔 조용히 머물다가 사라지는 얼마 남지 않은 기억만은 절대 놓치고 싶지 않다고 했다 그러면서 이제야 삶을 조금은 알 것 같은데 이렇게 되어버렸다며 늙고 쪼그라든 몸을 보며 한숨을 쉬곤 했다

콩 팔러 간 늙은 아내와 오래전 집을 떠난 어린 아들을 기다린다는 노인 언제쯤 노인은 늙은 아내와 어린 아들의 손을 잡고 집으로 돌아갈 수 있을까 어둠에 묻힌 노인의 어깨가 살짝 오르락내리락했다

전생이 혁명가였던 남자의 고백

꽃은 봄에 피고
초록은 여름이며
가을은 단풍
겨울은 하얗다

나는 창작자가 되어서는 안 된다
나는 시인이 되어서도 안 된다

바람의 충성스러운 제자
그것이 내가 이번 생에 부여받은 업(業)이다

바람이 부르면 달려가서 한없이 고개 숙이고
바람이 지나가면 존경하는 눈빛으로 쳐다보자

뭐 하나 내세울 것 없는
이번 생이 나는
참 마음에 든다

잠 못 이루는 밤의 다짐

다시는 이길 가능성이 없는 싸움은 하지 말자
다시는 그리움이 뭔지 아는 사람과 사랑하지 말자
다시는 나만의 상상에 속아 거짓 행복의 미소를 짓지 말자

지금 내게 필요한 건
쓸데없는 참견과 트집이 아닌 따뜻한 침묵
세상에는 나와는 상관없는,
가만히 내버려 둬도 괜찮은 것들이 얼마든지 있지
괜히 나서서 마음 졸이지 말고
조용히 지켜보는 것만으로도 충분해
애매한 것일수록 자유를

바람을 타고 날아가는 꽃잎처럼 가볍게
마음을 비우자

고전을 읽는 밤

천 년 전에 한 남자가 괴로워했네
오백 년 전에 한 남자가 괴로워했네
백 년 전에 한 남자가 괴로워했네
그들은 먹는 것도, 입는 것도, 사는 곳도 다 달랐지만
스승도, 만나는 사람도, 살던 나라도 제각각이었지만
날마다 똑같은 생각을 하고
똑같은 고민에 괴로워하며
똑같은 걱정과 질문을 끌어안고 살았네

산다는 건 그렇네
언제나, 누구나 제자리걸음
아옹다옹 다투면서 살 필요 없어
아득바득 우기면서 울 필요 없어
누구도 정답을 찾을 수는 없으니까

지금, 한 남자가 괴로워하네
천 년 전에 산 남자가 말하네
오백 년 전에 산 남자가 말하네
백 년 전에 산 남자가 말하네
아옹다옹 다투면서 살 필요 없다고

아득바득 우기면서 버틸 필요 없다고

산다는 건 언제나, 누구나 제자리걸음
아무리 살아도 숙련되지 않는 서툰 몸짓
누구도 삶이 그어놓은 테두리에서 조금도 벗어나지 못해

일요일 밤

세상은 거대한 희극입니다

여기저기 떠도는 촌사람들의 노래입니다

가난과 슬픔은 희롱당하고

진실과 웃음은 조롱당하는

박수보다는 야유를

감사보다는 비난을

존경보다는 멸시를 노래하는 그 연극은

찰리 채플린의 영화처럼 큰 웃음을 선사하지도

셰익스피어의 연극처럼 감동을 주지도 않습니다

더 이상 사랑은 없고

실수와 약점에 관대하지 않은

가짜와 욕심, 권모술수로만 이루어진 4분의 2박자 리듬의

소극(笑劇)

일요일 밤,

이해할 수 없는 대사와 몸짓으로

웃음을 강요하는 세상의 헛발질에 나는 그만

웃음을 터트리고 맙니다

하하하하, 하하하하

볼품없는 내 삶도 그런 코미디를 닮았겠지요

왠지 오늘 밤은 잠이 올 것 같지가 않습니다

유언

그래도 세상에 왔으니
죽기 전에 내 말 하나쯤은 남겨야지
다른 사람이야 듣건 말건
다른 사람이야 보건 말건
내가 산 흔적 하나쯤은 문장으로 남겨야지

나는 어떤 명사가 되고 싶었을까
나는 어떤 목적어가 되고 싶을까

어쩌면 나는
수십억 개의 명사와 그 명사가 닮으려고 했던 목적어 중
가장 빈약한 문장일지도 모른다
그래서 가장 먼저 잊히고, 가장 먼저 삭제될지도 모르지만
나 역시 한때는
빛나는 명사가 되기 위해
화려한 목적어가 되기 위해
수없이 땀 흘리고 눈물 흘렸노라고
단 한 줄일망정
나의 말로 남기고 싶다
다른 사람이야 비웃건 말건

다른 사람이야 관심 있건 말건

— 나를 만들고 키운 명사들의 희생에 감사를, 나를 빛내준
수많은 형용사와 부사, 보어의 헌신에 박수를

그리고 엿 같은 세상에도 한마디

— 너, 제발 그렇게 살지 마라

지우개

무엇이든 깨끗이 지울 수 있는 지우개가 있었습니다. 가난, 절망, 고통, 부끄러움과 같이 두 번 다시 기억하고 싶지 않은 것은 물론 지우고 싶은 것은 무엇이건 어떤 흔적도 남기지 않고 말끔히 지울 수 있었습니다. 신은 인간이 그 지우개를 이용해서 세상을 행복하고 아름답게 만들기를 원했습니다. ─ 사람들은 가장 먼저 가난을 지웠습니다. 가난이 사라지자 세상은 온통 웃음으로 가득했습니다. 여기저기서 행복한 웃음소리가 끊이질 않았습니다. 하지만 더는 열심히 일해야 할 이유가 없어진 사람들은 갈수록 게을러지고 거만해졌습니다. 두 번째로 사람들이 지운 것은 절망이었습니다. 절망이 사라진 세상은 희망만으로 가득해졌습니다. 하지만 누구도 희망만 품을 뿐 그것을 이루려고 하지는 않았습니다. 세상에서 이미 절망이 사라졌으니, 희망 역시 더는 존재할 이유가 없어졌기 때문입니다. 희망은 그저 이름으로만 남을 뿐이었습니다. 그래도 누구 한 사람 그것을 슬퍼하거나 안타까워하지 않았습니다. 그다음으로 사람들은 고통을 지운 후 곧이어서 부끄러움을 지웠습니다. 더는 고통을 느낄 수 없게 된 사람들은 마음 가는 대로 행동했고 법이란 법은 모두 어기면서도 어떤 부끄러움도 느끼지 않았습니다. 급기야 세상은 권모술수와 부정(不正)이 넘치는 불법 천지가 되고 말았습니다.

화가 난 신은 결국 사람들에게서 지우개를 빼앗은 후 모든 것을 원상복구 했습니다. 그러자 세상에는 가난과 절망, 고통, 부끄러움이 다시 들끓기 시작했고, 그것들이 사라진 달콤함에 중독된 사람들은 여전히 거기서 헤어나지 못한 채 더 많은 것을 차지하려고 더 많은 거짓말을 하고 더 자주 다른 사람을 속이기 시작했습니다. 더러는 빼앗긴 지우개를 찾기 위해 어딘가로 훌쩍 떠나기도 했습니다. 하지만 누구도 사라진 지우개를 다시는 찾을 수 없었습니다.

새해 아침

꿈이다, 꿈

죽으면 다시 깨어날 꿈

기쁨과 즐거움은 마음껏 즐기되

슬프다고, 고통스럽다고 울지는 마라

어차피, 모든 것은 꿈일 뿐

죽으면 다시 새로운 아침이 찾아온다

그 아침에 나는 무엇을 할까

여행을 떠날까, 못다 한 사랑을 고백할까

환상과 현실이 마주하는 1월의 아침

나는 생각 많은 얼굴로

지난밤의 꿈을 해몽해본다

사는 게 힘들수록

소크라테스가 말했다네
너 자신을 알라, 고
열다섯 살 나는 한없이 웃었네
마흔다섯 살 나는 한없이 울었지
사는 게 힘들수록 나는 나락처럼 익어가네
사는 게 힘들수록 나는 철(哲)이 드네

참, 어려운 일

스님이 말했다
세상에서 가장 어려운 일이 뭔 줄 아냐, 고

나는 말했다
사랑이요?

스님이 말했다
아니다, 세상에서 가장 어려운 일은
마음을 비우는 것이다

하지만,
스님!
마음을 비웠더니
나는 행복해졌지만
다른 사람은 점점 불행해져요
내가 올라갈수록
다른 사람은 내려만 가요
마음을 다시 채워야 할까 봐요

돌아간 사람

열자(列子)가 말했네
죽은 사람은 돌아간 사람이라고
산 사람은 돌아간 사람이 간 길을 걷고 있는 것이라고
돌아가야 할 사람이 돌아갈 줄 모른다는 건
돌아갈 집을 잃고 방황하고 있는 것이라고

나는 집이 없네, 돌아갈 집이 없어
길도 잃고, 집도 없는 나는
언제까지나 떠돌아야만 한다네
언제쯤 나는 돌아갈 수 있을까

인생 소설

오후내내 맑았던 하늘에
새까만 구름이 몰려들더니
곧 비가 내리고
바람이 불기 시작했네
마치 내 삶을 보는 것만 같았네

밥값

하루살이는 하루밖에 살지 못한다고 한다
하루치 밥값밖에 하지 못하기 때문이라고 한다

길

이제야 알았네
잘못된 길을 한참 걸어왔다는 것을

너무 늦었네
머리에 흰머리가 이미 절반인 것을

그래도 한 번 되돌아가볼까
걷지 못한 그 길을 걸으며
다시 한 번 울고 웃어볼까

행복
—마흔여덟 어느 날의 일기

아무것도 보지 않는다

아무 말도 듣지 않는다

누구도 믿지 않는다

눈을 감고

귀를 닫고

마음을 닫고

혼신의 힘을 다해

살고 싶어서 발버둥 치는 나와

날마다 맞서 싸운다

오월의 밤

지옥의 바다를 건너면
또 다른 지옥이 나온다
지옥의 산을 넘으면
또 다른 지옥이 나온다
지옥에는 지옥만 있을 뿐
어디에도 또 다른 세계는 없다
어디에도 또 다른 평화는 없다

나이 듦의 슬픔

나이 드는 것이 슬픈 이유는
봄이 오면 여름이 오고
여름이 오면 가을이 오고
가을이 오면 겨울이 온다는 것을 알기 때문
나를 웃고 울린 내 안의 이야기가
나와 함께 늙어가기 때문
겨울바람에 힘 잃은 나뭇잎 떨어지듯
한때는 내 전부였던 것들을
하나둘씩 잃어가야 한다는 아픔 때문
아, 나이 든다는 것은
나를 점점 잃어간다는 것
나를 점점 놓아야 한다는 것

눈물만 나네

밥을 먹다가 그만
울고 말았네
책을 읽다가 그만
울고 말았네
길을 걷다가 그만
울고 말았네
세월이 가면
나이만 느는 줄 알았더니
눈물도 함께 늘었네
세월이 약이라더니
늙으면 그 약도 더는 통하지 않나 보네
자꾸만 자꾸만 눈물만 나네

촛불

바람 한 점 없는 고요한 순간에도 촛불은 흔들흔들―
습관처럼 제멋대로 흔들흔들―
멋모르고 품었던 철없던 시절의 꿈 역시 그 안에서
가난한 가장처럼 흔들흔들―
아무 때나 마구 흔들거립니다

죄인

세상은 내 모든 죄를 알고 있다
살갗을 태울 것처럼
밤이면 뜨거워지는 눈물진 형벌에 나는
갈수록 움츠리고 오그라들어
아침이면 고개 들 수 없다
나를 모르는 네가 무서운 나는
죄인
세상은 내 모든 죄를 알고 있다

죽는 것이 무섭지 않을 때

내게 남은 것보다 잃은 것이 더 많을 때
웃는 날보다 웃지 않는 날이 더 많을 때
눈부시게 환한 젊음을 볼 때마다 눈물이 날 때
자꾸만 자꾸만 뒤돌아보고 싶을 때
나는 소망한다
죽는 것이 무섭지 않을 때
비로소 죽을 수 있기를

돌아가기로 마음먹었으니
이제 그만, 가면을 벗고 살자
모든 것이 空이고, 虛다.

어둠에서 살아남으려면 눈을 뜨고 똑바로 마주해야 한다
어둠은 자신을 두려워하지 않는 이들에게만 진짜 모습을 드
러낸다

무서운 날 밤의 그림자

심장이 터질 것처럼 숨이 차서 잠시

발걸음을 멈추고

걸어온 길을 돌아봤다

시커멓고 긴 그림자 하나가

구역질나는 냄새를 폴폴 풍기면서

얼른 얼굴을 감추었다

갑자기 뒷머리가 곤두선 나는

그 밤 내내 시커먼 어둠속으로 도망치고

숨 한 번 고르지 않은 그는

끽끽끽 비웃음을 흘리면서

한없이 나를 쫓아왔다

숙명

썩은 나뭇가지를 자르다가 그만
울고 말았네
마른 땅을 향해 아래로 아래로만 뻗은 못생긴 나뭇가지는
툭 튀어 나와서 겨울도 가장 먼저 맞고
세상 구경도 가장 먼저 했을 테지만
온몸이 상처투성이, 텅텅 비어서
들려줄 이야기 하나 없었네

왼쪽 다리가 잘려나간 나무가 불쌍해서
입던 옷을 벗어서 꽁꽁 묶어주었네
바람에 한쪽 다리를 휘날리며 서 있던 나무는
한동안 소리치며 울었지
어쩌면 나는
오늘 밤 왼쪽 발을 저는 꿈을 꾸며 울지도 모르겠네

뫼비우스의 띠

달리고 달리고 달려서
겨우 여기까지 왔건만
결국은 제자리

발버둥치고 발버둥치고 발버둥쳐서
겨우 벗어났다 생각했건만
언제나 제자리
뫼비우스의 띠처럼 꼬이고 꼬인
무엇 하나 가늠할 수 없는
악몽 같은
인생의
선

상대원동

바람 한 점 없는 낯선 섬의 아침
푸른 수의 입은 얌전한 소나무 가지에
흰 가슴 동여맨 까만 까치 한 마리
밤새워 우는 그 울음소리에 나도
밤새 잠 못 들었네

살아남는 법

어제 너를 잊은 것처럼
오늘은 나를 잊고
내일은 우리를 잊어야 해

너는 나의 첫 시작(詩作)이었다

너는 고흐를 좋아했고, 나는 세잔을 좋아했다
너는 베토벤을 좋아했고, 나는 모차르트를 좋아했다
너는 헤세를 좋아했고, 나는 헤밍웨이를 좋아했다
뭐 하나 닮은 점이 없어서 불편했던 네가 나는 보자마자 좋
았다
불편함이 만드는 어색함을 마음 졸이며 기다렸고
따뜻한 네 웃음이 내 입술에 닿기를 한없이 기도했다
밤이면 나는 너를 품듯
고흐를 만나고, 베토벤을 듣고, 헤세를 읽었고
예쁜 요부가 된 너를 안았다

너는 비를 좋아했다
비는 사람의 흔적을 남기지 않는다고 했다
순진한 나는 너를 담듯 그 말을 가슴에 담았다
그것이 깊은 수렁이 되어 평생 나를 가둘 줄도 모른 채

사람이 사람을 가슴에 담고 사는 것보다
가슴 아픈 일이 또 있을까
지금까지 크게 후회할 일 없이 살아온 내가
유일하게 후회하는 일이 있다면

네게 사랑받지 못한 것이다

나는 너의 무엇이었을까

너는 나의 무엇이었을까

나는 너의 잊혀진 과거여도 좋다

너는 나의 첫 시작(詩作)이었니

사는 내내 고흐가 나를 괴롭혔고,

베토벤이, 헤세가 나를 아프고 힘들게 했다

그때마다 고흐는 네가 되었고

베토벤은 슬픈 음악이

헤세는 한 편의 시가 되었다

지금도 나는 비가 올 때마다

비가 온다고 하지 않고

네가 온다고 한다

그리고 그거 아니?

깊은 흔적일수록 비가 온 뒤에 더욱 선명해지더라 쉽게 지워
지지 않더라

너는 나의 첫 시작(詩作)이었다

나의 마지막 시작(詩作)도 너였으면

선이 1

뭘 해도 마흔일곱에는 망할 것이라는
보문동 점쟁이의 말은 사실이었다
흔한 깃발 하나 달지 않고
알음알음 소문으로만 점을 치던 그는
고희를 앞둔 시골 노인처럼
아랫목을 차지하고 앉아서
유난히 긴 허리를 접었다가 폈다를 반복했다
TV나 영화 속에서 봤던 점쟁이들처럼
매서운 눈초리로 쳐다보지도
살을 파고드는 날카로운 말을 날리지도 않았다
족히 십 년은 썼음 직한
까만 돋보기를 코허리에 얹은 채
노래하듯 내 운명을 들려줬다

— 마흔일곱에 집 나간 여동생이 돌아와서 오빠 것을 다 빼
앗는구먼

그는 마흔일곱에 여자를 조심해야 한다고 했다
그때가 되면
하늘 높이 날던 새도 다시 내려와서

처음부터 나는 법을 다시 배워야 한다고 했다

선아,
스물일곱에 얻지 못한 네 마음을
이제는 얻을 수 있을까
잃어버린 우리의 젊음을
돌이킬 수 있을까
마흔일곱 나는
다시 나는 법을 배우면서
너를 사랑하는 법 역시 다시 배우련다
잠도 오지 않는 밤
나의 그리움과 너의 살아가는 이유가 같기를
무시로 빌어본다

선이 2

눈이 온 아침 그녀가 떠났네
밥 대신 발자국을 식탁 위에 남겨놓은 채

밥 대신 발자국을 먹었네
빨간 콩나물국처럼 얼큰하고 매웠네

싱크대 앞에서 그녀가 웃네
먹다만 발자국을 쫓아 식탁 위를 걷고 걷고 또 걸었네

버스 정류장 앞에서 그녀가 기다리고 있네
한참 기다렸다며, 빨리 바다를 보러 가자고 하네

이제 죽어도 좋네, 그녀를 다시 만났으니
이제 죽어도 좋네, 그녀가 옆에 있으니

그녀는 바다를 좋아했네, 파도 소리를 사랑했네
나는 그녀를 좋아했네, 파도를 닮은 그녀의 말을 사랑했네

내 꿈속에는 아직도 스무 살 그녀가 사네
내가 가장 좋아했던 얼굴로, 목소리로

바다가 보고 싶네, 7월의 그녀가 웃고 있는

바다가 보고 싶네, 8월의 그녀가 기다리는

그녀가

정. 말.

보. 고. 싶. 네.

선이 3

만일 네가 지옥의 문 앞에 서 있고
내가 천국의 문 앞에 서 있다면
나는 일 초의 망설임도 없이
너를 쫓아갈 테야
하지만,
만일 네가 천국의 문 앞에 서 있고
내가 지옥의 문 앞에 서 있다면
나는 고개를 돌리고
너를 못 본 척할 테야
너의 행복을 빌어줄 테야

너를 볼 수 없는 지금, 나는
지옥의 문 앞에 와 있는 것만 같다

부디, 너만은 행복하기를

장미

장미 향기 가득한 꽃밭에서
빨간 장미 한 송이 네게 건네며 말했지
이게 바로 너라고,
수많은 장미 중에서 내게는
너만 눈에 보였다고

소녀에게

잘 지내나요?
한창 푸른 물이 오른 포플러나무를 보다가
문득, 생각났어요
여기는 여전해요
흑백영화처럼 시간이 멈췄어요
부끄럼 많던 소년은 날마다 역 앞에서 소녀를 기다리고
소녀는 여전히 오지 않아요
그때마다 소년은 포플러나무에게 달려가서 안겨요
어떤 날은 함께 울기도 해요
그런 포플러나무도 이제 늙었어요
가지마다 주렁주렁 열렸던 슬픔도 늙었어요

그래서 지금은 행복한가요?
그때 데려간 열일곱 살 나는 잘 있나요?
그때 데려간 우리의 여름은 무사한가요?
사는 게 아무리 바쁘더라도
한 번쯤은 소식 전해줘요
뒷산이 푸르게 물들 때면
소년은 아직도 애가 타요
온종일 포플러나무의 굽은 손을 붙잡고 역 앞을 서성거려요

그런 소년도 이제 늙었어요

눈물마다 그렁그렁 맺혔던 설움도 늙었어요

그래도 아직 더 흘릴 눈물이 남아 있나 봐요

벌써 오십인데 말이에요

짝사랑

예쁜 별 하나가 길을 잃고
내 곁을 맴돌더니, 어느 밤
반짝반짝 웃으며 제자리로 돌아갔네
텅 텅 텅 비어버린 나는
멍하니 빈 하늘만 쳐다볼 뿐
세월 가는 줄도 몰랐네

새벽달

나는 너를 진짜 사랑하지 않나 보다
관심받고 싶지만
사랑받고 싶지만
아직도 네게 감추고 싶은 것이 많은 걸 보니

나의 마음이
나의 인생이
나의 사랑이 아직은 부끄러운가 보다
내 모든 것을 네게 보여주고 싶은데
자꾸만 뒷걸음질 치는 차가운 심장이 얄밉다

홍매화

어디로 꼭꼭 숨어버렸니?
나는 이렇게 애가 타는데
너는 오늘도 웃으면서 일어나
친구들과 맛있게 밥을 먹고
밤이 되면 아무렇지 않게 잠이 들겠지
나는 갈수록 말라가는데
나는 갈수록 힘이 드는데
더는 못 찾겠으니
이제, 그만 두 손 머리에 이고
그때처럼 활짝 웃으면서 나와다오

유성우

33년마다 한 번씩 볼 수 있다는 유성우가
폭포수처럼 머리 위로 쏟아지던 밤
처음으로 너를 꼬옥 안고 싶었다
33년 후에도 나를 잊지 않게
66년 후에도 나를 잊지 않고
다시 찾아올 수 있게

돌

나는 돌이었다
볼품이라고는 전혀 없는
모나고 못생긴 광물질 덩어리

나는 돌이었다
상처투성이에 속까지 시커멓게 타버린
오기와 질투, 열등감에 사로잡힌 암석

나는 돌이었다
내 것 아닌 것을 끊임없이 탐내고
예쁜 것을 시기하는
음흉하고 이기적인 무기물

바람과 비, 세월은 그런 나를
깎고 깎고 깎아서
모난 곳은 부드럽게
시커먼 곳은 희고 빛나게
상처는 부드럽게 감싸서 새살을 돋게 했다

이제야 너를 만나서 참 다행이다

네게 과거의 나를 보여주지 않아서 참 좋다

네게는 좋은 것만 보여주고 예쁜 말만 하면서

무서운 세상에 고개 숙이며 사는

평범한 돌이 되고 싶다

그리움은 외로움을 사모하고 외로움은 그리움이 그립다

백일홍에 그리움이라는 꽃말을 처음 붙인 사람은 누구일까
수선화에 외로움이라는 꽃말을 처음 붙인 사람은 누구일까

그리움에도 유통기한이 있을까
외로움에도 제한시간이 있을까

누군가를 백일 동안만 그리워해야 한다면
나는 차라리 외로운 수선화가 되고 싶다
외로움에도 제한시간이 정해져 있다면
나는 딱 백일만 피었다가 지는 백일홍이고 싶다

그리움은 외로움이 새긴 흔적
외로움은 그리움이 남긴 상처
그리움은 외로움을 사모하고
외로움은 그리움이 그립네

별도, 달도 없는 밤
장승백이역 사거리에서
삐쩍 마른 백일홍과 곱게 화장한 수선화가
막 이별을 했다

몽중정인(夢中情人)
―파도가 치는 이유

파도가 자꾸만 몸부림치는 이유는

흔들리는 마음을 숨기기 위해서

여리고 흰 마음 멍들게 하는

지독한 상처를 감추기 위해서

아프고 힘든 줄 알면서도

시퍼런 가슴 붙잡고 밤낮 애태운다

가을 별자리

밤바람에 은행나무 냄새가 섞여 날아왔다
그러자 함께 실려 온 그녀가
노란 눈물을 흘리면서 말했다
— 가을 별자리는 신화가 너무 많아서 사람을 우울하게 한
대*
채 여물지 않은 은행나무 열매가 툭툭 떨어지던 그 날
위로하는 법을 모르는 내게
가을 별자리보다 슬픈 그녀의 신화는
오롯이 참고 견뎌야 하는 아픔이었을 뿐—
끝도 없이 끝도 없이 그녀는 울고
한없이 한없이 나는 아팠다

밤바람만큼 서늘한 별이 외롭던 그 밤
아리고 아리고 아렸던 나는
차라리 그녀의 신화가 되고 싶었다

* 이도우 소설 〈사서함 110호의 편지〉 중에서 참조

혼자가 된 옛 연인에게

혼자 밥 먹기 힘들 때는 언제든지 말해요
하던 일 모두 내려놓고 달려가서
당신의 맛있는 한 끼가 될게요

혼자 노래하기 슬플 때는 언제든지 말해요
하던 일 모두 내려놓고 달려가서
당신의 즐거운 노래가 될게요

당신이 힘들면 나는 슬프고
당신이 슬프면 나는 찢어져
좋은 얘기, 싫은 얘기 함께하면서
오랜 친구처럼 우리 함께 늙어가요

혼자 있는 밤이 무서울 때는 언제든지 말해요
꾸던 꿈 모두 내려놓고 달려가서
당신의 즐거운 밤이 될게요
당신의 즐거운 이야기가 될게요

당신이 행복하면 나는 슬프다

매달 첫째 주 셋째 주 목요일은 도서관이 쉽니다. 그날은 나도 책을 읽지 않습니다. 다시 백수로 돌아가서 언제인지도 기억나지 않는 시간을 헤매며 나만큼이나 사람이 그리운 이를 기다립니다.

고속도로에서 차가 밀리는 건 차 때문이 아니라고 합니다. 차만 타면 발현되는 인간의 호전적인 유전자 탓이라고 하죠. "너는 백제의 장군이었어"라는 유전자의 보이스 피싱에 걸려드는 셈입니다. 말(馬)은 차로, 전장(戰場)은 고속도로로 바뀌었을 뿐 아직도 길 위에는 개선장군이 되어 공주의 사랑을 받고 싶은 허몽(虛夢)에서 깨어나지 못한 장수가 많습니다.

모든 것은 제 원형을 지니고 있을 때 가장 아름답다고 합니다. 원은 동그랄 때가 가장 아름답고 사각형은 사각일 때가 가장 든든하고 예쁘다고 합니다. 한때는 원도 되었고 사각도 되었던 우리는 뿔뿔이 흩어져서 직선이 되고 말았습니다. 당신은 동쪽으로 나는 서쪽으로 사정없이 내달렸죠. 이런 우리도 아름다운가요?

모든 만남에는 감정이 있듯 이별 역시 감정이 있습니다. 어떤 이별은 슬픔이 캡사이신처럼 훅 치고 올라왔다가 금방 사라집니다. 어떤 이별은 기뻐서 눈물이 나기도 합니다. 또 어떤 이별은 의외로 아무런 감정도 느낄 수 없으며 어떤 이별은 시간이 흐를수록 애가 탑니다. 잠 못 들게 합니다.

당신이 행복하면 나는 슬픕니다
내가 행복하면 당신도 슬펐으면 좋겠습니다
못난 사람이라고 해도 좋습니다
나의 슬픔과 당신의 슬픔의 사연이 같다면

먼눈으로 영어사전을 넘기던 하얀 머리 소녀는
오늘 하루 어디서 시간을 보냈을까요

개심사(開心寺)

개심사에 가면 누구나 마음을 활짝 연다는 말을 듣고 그녀와
함께 개심사를 찾았네. 산곡에 외로운 섬처럼 떠 있기에 조
심조심 노를 저어 들어갔지. 대웅전 뒤 솔숲에서 바람이 외
할머니처럼 달려 나와서 안아주더군. 낮달 위에 떠 있던 풍
경(風磬)이 이모들처럼 반갑게 맞아주더군. 산새도 묵언 수
행. 심검당 마음 씻는 소리에 가을이 조용히 익어가고 기분
좋은 고요의 향기가 우리를 감쌌지. 행복이 밀려왔네. 그녀
가 나를 보고 웃었네. 나는 단풍처럼 빨갛게 물들었지. 어깨
에 내려앉은 노을이 그걸 지켜보았네.

상심(傷心)
─피천득의 〈인연〉을 읽고

읽지 않았으면 좋았을 것을
모르고 살았으면 좋았을 것을
결국, 알고 말았네
그녀가 내게 감추고 싶었던 비밀

그녀도 나처럼 늙어간다지
그녀도 나처럼 사나워졌다지

거울 속에 중년의 내가 서 있네
거울 속에 스무 살 그녀가 서 있네

그녀는 웃고, 나는 우네

비 내리는 밤, 광주행 마지막 기차를 떠나보내고

오늘 밤, 광주행 마지막 기차가 막 떠났습니다
이제 남은 것은 사람들이 떨쳐놓고 간 적막과,
나뿐인 줄 알았는데

대합실 한쪽 귀퉁이에서 노란 은행잎 하나가
찬 바닥에 엎드려 조용히 울고 있습니다
아직은 이별이 익숙하지 않은 듯
아무리 달래봐도 들썩이는 어깨가 쉽게 가라앉지 않습니다
시커멓게 타다 못해 찢어질 것 같은 그 마음은
누구를 위한 순정인지

은행잎아, 울지 마라, 울지마
만나야 할 사람은 돌고 돌아서라도 결국은 다시 만나게 된다
너무 멀리 돌아가지만 않으면 돼
너무 늦게까지 기다리게만 하지 않으면 돼
손 한 번 잡아본 적 없는 첫사랑이 보고 싶어 죽겠다는 저 늙
은 역무원도
너만큼이나 아프고 외롭단다
그래도 저렇게 흰 국화처럼 환하게 웃고 있단다
울지 마라, 울지마

외로움은 세월에 위탁하고

그리움은 잠시만 유보하자

만나야 할 사람은 언젠가는 만나게 되어 있으니

더는 떠날 기차도, 승객도 없는

비 내리는 밤

이면(裏面)의 행복

여기서, 우리 그만 헤어집시다

이별의 악수는 하지 맙시다

아무 말도 하지 맙시다

내일 또 만날 것처럼 아무렇지 않게 웃으면서 헤어집시다

처음으로 다시 돌아가 모르는 사람인 채 살아갑시다

낮과 밤처럼, 거울의 앞면과 뒷면처럼, 동전의 앞면과 뒷면
처럼
평생 서로의 얼굴을 볼 수 없는 이면이 됩시다

당신이 낮이 되면 나는 밤이 될게요
당신이 거울의 앞면이 되면 나는 거울의 뒷면이 될게요
당신이 동전의 앞면이 되면 나는 동전의 뒷면이 될게요

그래야만 당신이 다시 웃을 수 있다면
그래야만 당신이 다시 행복할 수 있다면

그래도 잊지는 마요

내가 항상 당신 뒤를 든든하게 지키고 있다는 걸

볼 수는 없지만, 당신을 온몸으로 느끼고 있다는 걸

그런 나 역시, 그것만으로도 행복하다는 걸

나를 위해 울지 마오
— 묘비명

울지마오, 울지마오
나를 위해 울지마오
이제야 나는 자유인데
이제야 나는 행복한데
가는 발길 무거우니
나를 위해 울지 마오

웃어주오, 웃어주오
나를 위해 웃어주오
이제야 사랑 찾아가는
이제야 아무 걱정 없이 잠들
나를 위해 웃어주오

주책도 없이 부는 바람에 마냥 펄럭이던 내가
너무 부끄럽소
꼿꼿이 휘날리던 내가
너무 창피해서 고개 들 수 없소
뭐 하나 자랑할 것이 없지만
다행히 사랑 하나는 건졌소

이제 나는

오래전에 잃어버린 사랑을 찾아가오

그런 나를 위해 울지 마오

웃으면서 떠나는 나를 위해

더 크게 웃어주오

행복으로 떠나는 나를 위해

뜨겁게 박수쳐주오

나를 기억하지 마오

기억은 떠올릴수록 아플 뿐이니

추억으로만 남겨둡시다

우리 다시는 만나지 맙시다

우리 다시는 만나지 맙시다

꿈속에서라도 한 번쯤

스물네 살, 부끄럼 많던 나는 사랑을 했네
스물세 살, 나보다 더 부끄럼 많던, 백합꽃처럼 희고 가녀린
사람이었네
얼굴에서 웃음이 떠나지를 않았네
말도 점점 늘어갔지
짧은 낮이, 긴 밤이 원망스러웠지
참 많은 이야기를 나눴네
나는 아직도 기억하네, 작약꽃 같은 그녀의 첫사랑을
나는 아직도 잊을 수 없네, 물망초 같은 그녀의 눈물을
세월이 흘러도 잊히지 않는 사랑을 하고 싶었네
그녀의 얼굴에서 웃음이 떠나지 않게 하고 싶었네
나만의 욕심이었을까
특별한 이유도 없이 우리는 헤어지고 말았네
안녕, 이라는 말도 제대로 하지 못 했지
그래도 한동안은 그녀가 내 곁을 떠나지 않았네
가는 곳마다 그녀가 활짝 웃고 있었지
안심했네, 언제까지나 그렇게 함께할 줄 알았네
오해였네, 언제부턴가 그녀가 보이지 않았네
바보 같은 나는 그것도 몰랐네
그러다가 어느 날 꿈속에서 낯선 남자와 함께 웃는 그녀를

보았네

행복해 보였네, 여전히 예뻤네

나는 웃을 수가 없었네, 행복을 빌어줄 용기가 없었네, 가슴
이 찢어질 것 같았지

나는 몰랐네, 25년 만에 그렇게 만나게 될 줄은

이제 그녀도 늙고, 나도 늙었네

작약꽃은 떨어지고 물망초만 외롭게 남았네

나는 아직도 그녀가 보고 싶네

나이 들수록 그녀가 점점 그립네

젊은 날 그녀와 나눴던 이야기가 또렷이 기억나네

어떻게 하면 그녀를 볼 수 있을까

행여, 꿈속에서라도 한 번쯤 만날 수 있을까, 마음 졸이며
매일 밤 잠자리에 드네

그녀를 사랑했네

백합꽃처럼 희고 가녀렸던 그 사람을

나이 들수록 나는 젊은 네가 그립다

비가 내린다
네가 줄줄줄 흘러 내린다

눈이 온다
네가 펑펑펑 쏟아진다

바람이 분다
네가 쌩쌩쌩 불어 온다

햇볕이 내리 쬔다
네가 쨍쨍쨍 애태운다

비가 내리고
눈이 오고
바람이 불고
햇볕이 내리 쬘 때마다
시커멓게 탄 가슴으로
스물세 살 너를 떠올린다
네게는 나와 같은 세월이 머물지 않았기를 기도하면서
까맣고 순진했던 네 눈빛을, 언제나 외로웠던 네 그림자를

그리워하며

아까울 것 없는 내 목숨을 바친다

나이 들수록 나는 젊은 네가 그립다

부안 해변에서

밀려왔다가 밀려가는 파도를 따라서
당신도 밀려왔다가 멀어지더니
또다시 밀려오네
조금씩 조금씩 더 크고 가깝게—

사는 동안 이런 일 무수하게 반복되겠지
그때마다 나는
파도를 따라서 온 당신을 따라
마구마구 부서지겠지
그때마다 나는
파도를 따라서 밀려나는 당신을 따라
마구마구 흔들리겠지

꿈 주소

나한테만 살짝 가르쳐줄래요
당신 꿈속으로 바로 달려가는 주소
꿈자리에 입력해 놓고
매일 밤 찾아가서 볼 수 있게

거짓말

점점 네가 멀어진다
갈수록 네 얼굴이 희미해지고
네가 했던 말이, 네가 남긴 기억이
저 멀리 아득히 사라져 간다
이제, 나는 너를 잊었으니
부디, 넌
행복해라

불면의 밤

웃음기 마른 불면의 시간
일찍 온 여름은 때 이른 걱정을 낳고
나는 점점 닳아져 가네
밤새 들리는 수고양이 울음소리
내일은 비가 오려나 보네

보고 싶다
보고 싶다
보고 싶다
지루한 내 목숨과 바꿔서라도
딱 한 번이라도 좋으니
정말
정말
정말
딱 한 번이라도 좋으니
네가
정말
보고 싶다

슬픈 인연

내가 웃을 때 너는 울고

네가 웃을 때 나는 울고

내가 힘들 때 너는 무심하고

네가 힘들 때 나는 찢어지고

내가 늙어갈 때 너는 무관심하고

네가 늙어갈 때 나는 죽어가고

아, 평범한 타인마저 되지 못하는 우리는

슬픈 인연

어느 것 하나 닮지 않은 낯선 타인

죄와 벌

여름은 너무 더워서
겨울은 너무 추워서
여름에는 겨울을, 겨울에는 여름을
상사병을 앓는 것처럼
지독히도 탐내고 그리워했다
뜨거운 여름날의 햇볕이 나를
얼마나 강하게 단련하고
차가운 겨울날의 바람이 나를
얼마나 단단하게 하는지도 모른 채
짜증내고 불평하면서

내 곁에 없는 그대여
바보처럼 도망만 치던 나를 용서하지 마오
소중한 것을 알지 못하던 나를 마구 욕하오
눈이 먼 나는
지금부터 많이 아파할 테니
당신은 모르는 척 당신의 길을 가오
모든 잘못은 다 내게 있으니
당신의 아픔까지 내가 다 가질 게요

마음이 시키는 일

괜찮다, 괜찮다 하면서도
눈물이 나는 건
마음이 시키기 때문

잊었다, 잊었다 하면서도
또다시 생각나는 건
마음이 시키기 때문

한 번도 혼자인 적 없는 것처럼
텅 빈 마음을 참을 수 없는 것도 다
마음이 시키기 때문

가만히 있는 나를 자꾸만 자꾸만 흔드는 사람아
나의 시간과 마음을 다 가져간 사람아
아무리 앞만 바라보면서 살아도
마음이 채워지지 않는 건
네가 내 마음을 가져갔기 때문
그래서 뒤늦게라도 너를 붙잡고 싶은 이유는 다
마음이 시키기 때문

일몰

고마워요

미치게 사랑할 수 있게 해줘서

웃을 게요

함께했던 날들 추억하면서

잊지 않을 게요

나만 비추던 바보 같은 그 마음

잘 가요

하나뿐인 내 사랑

이별
― 무지이위용(無之以爲用)*

존재의 가치는 부재를 통해서 드러나는 법

지금 내 곁에 너는 없지만,

내 안은 너로 흘러넘친다

* 노자의 《도덕경》에 나오는 말로 '없음으로써 그 존재 가치를 비로서 깨닫게 된다'라는 뜻

두 번째 이별

한때는 밤마다 내 꿈속을 뒤흔들던 당신
이제 나는 당신을 모릅니다
모른다는 건
기억하지 못한다는 것
기억하지 못한다는 건
감정이 없다는 것
감정이 없다는 건
내 안에 당신이 없다는 것

흘러가 버린 기억과 감정은 그만 가슴에 묻읍시다
이제 막 아문 상처는 다시는 건드리지 맙시다
멈춰버린 시곗바늘처럼 우리도 여기서 그만 멈춥시다

이제 나는
아무런 기억도 없습니다
아무런 감정도 느낄 수 없습니다
내게 당신은 기억에 없는 사람
아무런 감정도 느껴지지 않는 낯선 타인일 뿐입니다

나는 당신을 모릅니다

눈물마저 말라버린 내게는

이 방법밖에는 없습니다

잘 가요, 그대

안녕

너에게 돌아가는 길

별들도 잠든 밤
까만 하늘을 되짚어
너를 그려본다
너의 눈
너의 코
너의 입술
잊지 않으려고
몇 번이고 너를 그리며
젊은 너를 쫓는다
아, 너에게 돌아가는 길은
멀고도 험해라

가을 단풍에게

나의 가장 큰 죄는 너를 몰라본 것

또한, 나의 가장 큰 죄는 너를 방관한

또한, 나의 가장 큰 죄는 너를 두고 떠난 것

이제야 수줍은 네 얼굴이 나를 위한 것이었다는 걸,

가장 아름다운 추억이라는 걸,

나의 운명이었다는 걸 알게 되었다

너 때문에 많이 힘들다

너 때문에 많이 슬프다

너 때문에 많이 아프다

이 또한 나의 운명이라는 것을

이제는 알게 되었다

미몽(美夢)

똑! 똑! 똑!
일요일 아침 낯선 노크 소리에
가만히 고개 들어보니
스무 살 예쁜 네가 웃고 있네
행여 또 놓칠세라 나는
숨도 쉬지 못한 채
멍하니 너만 바라봤지
다시는 널 놓치고 울고 싶지 않았지

어린 동생에게

풋복숭아 빼앗기지 않으려고 어린 동생이 뛰네

닭 잡던 할머니가 칼을 들고 그 뒤를 쫓네

감나무 아래서 동생이 결국 울음을 터뜨리네

시고 떫은 복숭아를 지키기에는
동생의 손이 너무 작네
동생의 마음이 너무 여리네

빛바랜 액자 속에서 어린 동생이 울고 있네

할머니가 준 그때 그 복숭아
동생에게 돌려주고 싶네

봄의 전설

엄마, 그거 아세요?
겨울이면 우리 집 베란다에 봄이 몰래 들어와서 함께 산다
는 것
베란다 구석진 자리에 있는 문 뒤에 보일 듯 말 듯 봄이 숨
어 있어요
초등학교 3학년 때 우연히 그 사실을 안 나는 깜짝 놀랐어요
그래서 엄마에게도 그 사실을 알려주고 싶었지만
엄마는 너무 바빴어요, 하나밖에 없는 어린 딸의 도시락도
싸주지 못할 만큼

엄마 기억하세요?
어느 해 봄, 작은 내 손을 잡고 집 앞에 핀 개나리꽃을 한참
쳐다보면서 했던 말
—우리 딸도 저렇게 밝고 예쁘게 컸으면 좋겠다
나는 그때부터 개나리가 되고 싶었어요, 노란 개나리가 되
어서 엄마를 웃게 하고 싶었어요
하지만 엄마는 정말 바빴나 봐요
그날 이후 다시는 엄마와 함께 개나리꽃을 볼 수 없었으니
까요

엄마, 이 문을 열면 봄이 있어요
어딜 가나 온갖 꽃이 무리 지어 피고
긴 잠에서 막 깨어난 연둣빛 어린 나뭇잎들이 작은 솔바람
에도 부끄러워서 고개를 숙이는
철없는 새들은 그걸 보고 깔깔대면서 웃는

엄마, 우리 그 풍경 속으로 함께 들어가 봐요
우수수 떨어지는 꽃비를 함께 맞으며
예쁜 추억 하나 만들어 봐요
노란 개나리꽃 냄새를 맘껏 맡으며
못 다한 이야기를 나누어 봐요

엄마, 그거 아세요?
개나리만 보면 나는 눈물이 나요
엄마가 생각나니까요, 엄마가 보고 싶으니까요
그래서 언제부터인가 봄을 우리 집 베란다에 꼭꼭 가두고
말았어요

슬픔의 점묘법
— 가을은 울기 좋은 계절

뒷산이 빨갛게 물들기 시작했어요
세상의 불효자들이 울기에 딱 좋은 계절이에요
슬픔은 점묘법처럼 와요
천천히, 조금씩, 점점 크게—

그 버스는 자주 오지 않아요
어쩌다 한 번, 내가 죽을 만큼 아플 때
내 집 낡은, 현관 앞에 택배 상자처럼 조용히 서 있다가
나를 어머니가 잠든 고향 집 안방에 내려놓아요

아직 서른이 안 된 어머니는 부끄럼이 많아요
여리고 고운 숨소리가 사람을 경계해요
그 와중에도 어머니는 나를 뚝 닮은 아이의 손을 꼭 쥐고 있
어요
아직은 어머니를 깨워선 안 돼요
밤은 길어요

밤새 나는 기억에도 없는 어머니의 젊은 얼굴을 지켜보다가
그만 울고 말았어요
어머니에게도 이렇게 좋은 시절이 있었다는 걸 처음 알았어요

어머니는 태어날 때부터 어머니인 줄로만 알았는데,
외로운데도 외로운 줄 모르고,
슬픈데도 슬픈 줄 모르는 사람이라고만 생각했는데,
나보다 어린 어머니를 보니 뼛속까지 다 사무치고 말았어요
하지만 너무 늦었어요

소중한 것은 매번 막차를 타고 와요
언제나 너무 늦어요

이제 곧 어머니가 일어날 시간이에요
늙은 아들을 한 번도 본 적 없는 부끄럼 많은 어머니가
깜짝 놀라기 전에 어서 여길 떠나야 해요
괜찮아요, 이렇게라도 어머니를 만났으니
한동안은 또 참을 수 있을 거예요
그래도 어머니가 보고 싶으면
깊은 밤 싸리꽃이 숨죽여 울 때
잠시만 함께 슬퍼할게요
조금만 함께 울어줄게요
가을은 울기에 딱 좋은 계절이니까요

귀향

어머니, 더는 갈 곳이 없어요. 너무 깜깜해서 아무것도 보이지 않아요. 어떻게 해야 할지 정말 모르겠어요. 수많은 문제가 길을 막고 있는데 헤치고 나갈 힘도 자신도 이제 없어요. 머리가 어떻게 되어버린 것만 같아요. 잠을 잘 수도 책을 읽을 수도 없어요. 온종일 멍하니 앉아서 시간만 보낼 뿐이에요.

어머니, 죄송해요. 언제나 든든한 자랑이 되고 싶었는데, 결국 무거운 짐이 되고 말았어요. 그러지 않으려고 발버둥 쳐 봤지만, 아무 소용 없었어요. 저는 지금 긴 터널을 지나고 있나 봐요. 저는 지금 수렁 위를 걷고 있나 봐요. 걸어도 걸어도 입구가 보이지 않아요. 발버둥 칠수록 더 깊숙이 빠지는 것만 같아요.

어머니, 저는 이제 모든 관계를 끊기로 했어요. 의무감에 시달리며 한 달에 한 번씩 친구들의 안부를 묻는 것도, 사람 노릇 하겠다며 반가워하지 않는 친척들에게 전화하는 것도 이제 더는 하지 않을 거예요. 저는 사람이 무서워요. 사람이 힘들어요.

어머니, 이런 저 때문에 많이 힘드시죠. 나이 먹은 자식이 제 앞가림도 제대로 못 하는 걸 보시니 부아가 치미시죠. 괜찮아요. 화나시면 화를 내세요. 그것이 저도 편해요. 이제 속으로만 애태우지 말고 마음껏 푸세요. 그동안 참고 사느라 그 속은 얼마나 힘들고 외로우셨어요. 바보 같은 제게 까맣게 탄 속을 도려서 던져버리세요.

어머니, 실패는 참 많은 것을 드러나게 해요. 잘 나갈 때는 알 수 없었던 어리석음과 교만, 본성, 가치관 역시 실패한 뒤라야 제대로 보이는 것 같아요. 접싯물보다 얕은 양심을 겨우 유지한 채 살던 저는 이제야 세상을 알았어요. 세상은 정말 주는 대로 돌려받는 것 같아요. 너무 후회돼요. 왜 진작 그것을 몰랐는지 모르겠어요. 왜 중요한 것들은 항상 뒤늦게 알게 되는지 모르겠어요. 그래서 추사 김정희는 〈세한도〉에 그렇게 썼을까요. — 세한연후지송백지후조(歲寒然後 知松柏之後凋), 라고 말이죠. 그러고 보면 저는 소나무나 잣나무보다 못한 미물인 것만 같아요.

어머니, 저는 이제 어떻게 해야 할까요. 정말 모르겠어요. 바람 부는 언덕에 혼자 오롯이 서 있는 것만 같아요. 어머니, 배가 고파요. 어머니의 밥이 그리워요. 어머니의 김치가 된 장찌개가 한없이 먹고 싶어요. 그리고 허락해주신다면 다시 어머니 곁으로 돌아가고 싶어요. 30년 전 떠나올 때는 자신만만했던 청년이 빈털터리 중년이 되어 돌아가는 것이 부끄럽기는 하지만, 어머니 곁에서 다시 한번 시작하고 싶어요.

엄마 엄마라고 다시 불러보고 싶어요. 어머니, 이런 제가 돌아가도 좋을까요? 어머니만 괜찮다면 지금이라도 당장 달려가서 어머니를 뵙고 싶어요.

어머니, 저 다녀왔습니다. 그동안 자주 찾아뵙지 못해서 정말 죄송해요. 술 한 잔 드시고 그만 화 푸세요. 뭐가 되었건 다시 한번 해볼게요. 다시 웃어볼게요.

어머니, 보고 싶어요.

모자(母子)

나는 글을 쓰고 싶네
나는 시를 쓰고 싶네

늙은 어머니는 한숨을 쉬네

세월이 키운 지혜를 엮고 말려서
하늘과 함께 농사짓는 어머니
작년에는 농사가 너무 잘 되어서
올해는 농사가 너무 안 되어서
농사를 망쳤다며
갈수록 내려앉는 제 몸을 원망하네
어디서 들었는지
글 쓰는 게 농사와도 같아서
잘 써도 걱정, 못 써도 걱정이라며
날마다 한숨만 쉬네

어머니는 한숨으로 농사를 짓고
나는 걱정으로 시를 쓰네

세 개의 무덤

XX시 XX면 XX리 18번지
옛날에 내가 살던 집

그곳에는 지금의 나보다 훨씬 어린 젊은 엄마의 꿈이 묻혀 있습니다. 선생님이 되고 싶었다던 엄마는 나를 낳던 날 마지막으로 울면서 그 꿈을 장례 지냈다고 합니다. 그러면서 꼼지락거리며 젖을 빠는 내게 이제부터 내 꿈은 너다, 라고 말했다죠.

영화 007시리즈를 좋아했던 아빠의 젊음 역시 그곳에 묻혀 있습니다. 가난한 부모에게 5남매와 가난을 유산으로 물려 받은 아빠는 앞만 보는 사람이었습니다. 뒤는 고사하고 옆도 한 번 살필 여유가 없었습니다. 그래서인지 머리도 앞에만 유독 하얗습니다. 아빠는 빠바바— 하면서 반전이 일어나는 007의 영화음악을 좋아했지만 정작 본인 인생에서는 반전을 이루지 못했습니다. 그러자 어느 날부터인가 욕을 하기 시작했습니다. 저는 그때 알았습니다. 인생이 뜻대로 풀리지 않으면 아무리 순한 사람도 욕을 배우고 하게 된다는 것을. 그것이 알미운 세상과 자신을 향한 복수라는 것을.

동생 애기도 빼놓을 수 없습니다. 그곳에는 하나밖에 없는 동생의 눈물이 묻혀 있기도 하니까요. 동생은 동생으로 태어났다는 이유만으로 모든 좋은 것과 새것을 내게 양보해야만 했습니다. 부끄러움을 몰랐던 나는 그것이 죄가 될 줄도 모르면서 끊임없이 동생의 것을 탐냈습니다. 시시포스의 노예로 태어난 동생은 나이가 들수록 파블로프의 개가 되어 갔죠. 단 한 번도 나를 향해 짖지 않았고, 물지도 않았습니다. 동생은 그런 제 운명을 숙명으로 받아들이고 잘 조련 받은 애완견으로 자랐습니다.

언제부터인가 나는 그 집을 떠나고만 싶었습니다. 엄마의 꿈과 아빠의 젊음, 동생의 눈물이 묻힌 무덤을 보기가 싫었습니다. 하지만 엄마의 꿈과 아빠의 젊음, 동생의 눈물은 이미 나의 피가 되고 살이 되고 삶이 되어 있었습니다. 어디를 가건 그 집에서 절대 벗어날 수 없었습니다.

어떻게 해야만 그 죄를 사면받을 수 있을까요? 어떻게 해야만 그 집에서 벗어날 수 있을까요?

낡고 오래된 집에 한 아이가 있습니다

그 앞에 봉분도 없는 작은 무덤 세 개

오늘 밤 아이의 통곡 소리가 끊이지 않을 것 같습니다

아버지 제삿날

어머니 곧 해가 져요
오지 않을 아버지는
그만 기다리고
이제 들어가세요
바람이 차요
눈물이 차요

어머니 밤이 늦었어요
아버지가 기다리겠어요
그만 화 푸시고
이제 주무세요
혹시 꿈속에서 아버지 만나시면
큰아들은 잘 있다고
소식 꼭 전해주세요
바람이 차요
눈물이 차요
어머니

성묘

참다가 참다가 결국 모진 말을 하고 말았네
―11월에는 죽고 싶어요
흑흑흑 흑흑흑
무덤 속 아버지의 억장 무너지는 소리

웃을 수가 없네
더는 숨을 쉴 수가 없네
―아버지, 제발 날 좀 데려가요
힘들어서 정말 못 살겠어요

흑흑흑 흑흑흑

허공에 맴도는 아버지의 눈물 소리

아버지의 세상

일흔 살, 아버지는 다시 어린아이가 되었습니다
잠잘 때도, 배고플 때도, 화가 날 때도
울면서 엄마부터 찾습니다
엄마 엄마 하면서
낯선 눈으로 나를 쳐다봅니다

아버지의 기억 속에서 나는
흔적도 없이 사라지고 말았습니다
폐허 된 그 기억 어디에도 이제, 나는 존재하지 않습니다
사정없이 허물어지고 부서진 추억은 급속도로 녹슬어가고
환청 같은 소리만이 가끔 아버지의 꿈자리를 괴롭히겠죠

아버지는 지금 낯선 사람들에게 둘러싸여
아들이라는 말이 뭔지도 모른 채
먼눈으로 아들을 부릅니다

기억 저편의 아버지는 지금, 이 순간
얼마나 무섭고 힘들까요

축적의 시간

늙은 아버지는 먼 섬으로 유배를 가고
어린 아들은 산으로 피접(避接)*을 갔네
아버지는 홀로 바다에 갇히고
아들은 깊은 산에 홀로 남았지

산이 그리운 아버지는 날마다 산을 오르고
섬이 보고픈 아들은 날마다 바다를 건넜네

늙은 아버지는 작은 산이 되고
어린 아들은 여린 주름까지 아버지를 닮고 말았지

* 전염병을 피해 거처를 옮기는 일. 피우(避寓)라고도 한다. 의학이
발달하지 않던 시대 유일한 전염병 예방책이었다.

삼촌의 반대말 사전

마흔여덟 삼촌에게 세상 모든 말의 반대말은 술이라네, 술!

꿈의 반대말도, 술!
사랑의 반대말도, 술!
슬픔의 반대말도, 술!
어둠의 반대말도, 술!

소설가가 꿈이었던 삼촌은 얼마 전 소설 쓰기를 그만두었네.
보일 듯 보일 듯하다가 다시 꼭꼭 숨어버리는 괘씸한 희망의
끈을 아예 놓기로 했네. 그때부터 매일 술이네. 술에 꿈을 익
사시키기로 했다네
삼촌은 사랑도 일찌감치 포기했네. 지금이라도 결혼하라는
말에, 누구 인생 망칠 일 있냐며 술 술 술 하며 신세타령하는
삼촌. 외로운 삼촌은 결국 술과 결혼했네
삼촌은 말하네. 슬플 때는 술보다 좋은 약은 없다고. 술은 모
든 것을 잊게 해준다고. 소설도 그렇게 해서 잊었다네. 술 취
할 때마다 술버릇처럼 들려주던 첫사랑도 그렇게 잊었다네.
삼촌에게 술은 약이네. 마시면 마실수록 기억도 함께 사라진
다네
세상이 어두워질수록 술은 사랑받네. 쓰디쓴 술 한 잔에 꿈

의 아쉬움을, 사랑의 상처를, 슬픈 기억을 달랜다네. 절반쯤 눈을 감고서 그것들을 되돌아본다네. 그리고 다시 마시던 술잔에 그것을 푹 담근 후 조문을 하지. 끝까지 함께하지 못해서 미안하다며 명복을 빌지

삼촌의 꿈의 저편에는 술이 있네
사랑의 저편에도 술이 있지
슬픔의 저편에도 술이 있지
어둠의 저편에도 술이 있지

꿈을 잊고, 사랑에 실패하고, 슬픔에 길들고, 어둠에 익숙한 삼촌에게는 술이 전부라네. 술이 인생이라네. 그래서 술을 그만 마시라는 말도 함부로 할 수 없네. 술을 마시지 말라는 건 인생을 그만 포기하라는 말과도 같기 때문이라네

누구에게나 반짝이는 시간은 언제나 짧다네
반짝이지 않는 긴 시간에 익숙해져야 한다네

월산동

엄마는 다리가 아팠네
아빠는 허리가 아팠지
수박등 아래 살던 나는
밤마다 덕림산 위에 뜬 달을 바라보며 빌었네
내일은 아빠가 꼭 일을 가게 해달라, 고
내일은 엄마가 꼭 밥을 짓게 해달라, 고
만일 그게 안 된다면
차라리 모든 기억을 지워 달라, 고
콧물을 빠는 어린 동생의 손을 잡고 울었네

산동네 열두 식구

산동네 작은 방 한 칸에
두더지가 부러운
열두 식구가 살았단다
바닥 여기저기가 패인 방은
누군가가 쓴 낙서로 가득했지

─깊은 땅속에
집 하나 있었으면 좋겠네
숨 막힐 때마다 도망가서
숨 좀 쉬다가 올 수 있게

깊은 땅속에
방 하나 있었으면 좋겠네
잘 곳 없는 우리 아이들
푹 자다가 올 수 있게

두더지야, 두더지야 너는
참, 좋겠다
마음만 먹으면
하루에도 열두 채쯤은

집을 가질 수 있으니
마음만 먹으면
하루에도 열두 개쯤은
방을 만들 수 있으니
너만 괜찮다면 내게도
집 하나 나눠주렴
방 하나 뚝 떼어주렴—

오늘도
먼 산을 좇는 늙은 아버지의 긴 한숨 소리
바람에 실려 날아간다
그 얼굴이 두더지를 닮았다

우리 엄마

우리 엄마는 말을 더듬어요
나는 그런 엄마라 싫을 때도 있지만
그래도 엄마가 세상에서 제일 좋아요
엄마는 다른 사람들보다 나를
네 배나 더 사랑하니까요
엄마는 나만 보면 항상 웃으면서
사, 사, 사, 사, 라, 앙, 해, 에, 에, 하고 하니까요

첫눈

지난밤에 첫눈이 왔어요
술 취한 아빠가
잔뜩 움츠린 어깨와 머리 위에
선물처럼 한아름 눈을 이고 왔지요
흑— 흑— 흑—
눈 녹는 소리에
술 취한 아버지의 어깨도 함께
오르락내리락했지요

아빠와 고양이

우리 아빠는 세상에서 고양이가 제일 무섭대요
야옹야옹 소리만 들으면
숨도 제대로 못 쉬고
그 자리에서 얼음이 돼요
그때마다 엄마와 나는
아빠를 놀리느라 바빠요
야옹야옹 야오오옹
야옹야옹 야오오옹
심장이 쪼그라든 아빠는
계속해서 귀를 막고
모처럼 신이 난 우리는
웃느라고 눈물이 다 나요
하하하하, 하하하하
호호호호, 호호호호

고양이 소리만 들려도
벌벌벌 떠는 아빠
아빠는 정말 고양이가 무서운가 봐요
아빠는 전생에 쥐였나 봐요
이제 내가 아빠를 시켜줘야 할까 봐요

새벽 버스 서정

힘들어서 새벽 버스를 탔다가
그만 울고 말았어요
고단함이 허리와 무릎까지 내려와서
잘 걷지도 못하는 할머니들이
허리를 붙잡고
활짝 웃잖아요
골다공증에 걸려서 잘 걷지도 못했던 돌아가신 우리 할머
니도
그 틈에서 함께 웃었지요

비 오는 날

오늘은 해님이 슬픈 날
쉿! 조금만 조용조용—
우울한 해님에게 오늘 하루 자유를 주자
해님은 우는 것보다 웃는 모습이 훨씬 예쁘니까

눈사람

그거 아세요?
나는 내 이름이 너무 싫어요
너무 차갑잖아요
그러니 앞으로 나를 부를 때는
이름 대신
사랑해, 라고 불러주세요
그러면 나는
나도, 라고
당신의 이름을 불러줄게요

12월

12월에 눈이 내리면
발자국을 빨리 지워야 한대요
발자국을 그대로 두면
부지런한 세월이
그걸 보고 열심히 쫓아와서
—엣다, 한 살 더 먹어라, 하고
등을 툭 치고 달아난대요

밤새 눈이 왔어요
동생과 나는 아침부터 쉴 틈이 없어요
마실 가신 할아버지 할머니
직장에 가신 아빠 엄마 발자국을
열심히 지워야 하니까요
그런데 그만
뒤쫓아오던 동생과 내 발자국은
깜빡 잊고 말았어요
모두 그대로인데
나는 8살, 동생은 6살이 되어야 해요

시집을 출간하면서

슬픔과 그리움은 점묘법처럼 온다
조금씩, 천천히, 점점 크게

임채성

회피

사람은, 누구나 자기 이야기가 있다. 자신이 누구인지, 어떤 삶을 살았는지 말해주는 삶의 생채기 같은 흔적 말이다. 때때로 그런 이야기는 작위적이다. 자기 미화(美化)와 합리화를 통해 실제 이상으로 아름답게 꾸미고, 적극적으로 변호한다.

슬픔은 그런 이야기를 바꾼다. 사람의 의식을 변화시키기 때문이다.

"슬픔 때문에 누릴 수 있는 심리적 특전은 슬픔이 애매모호한 것을 이해하게 하고, 삶의 진실이 절대 하나가 아니라 적어도 둘, 보통은 그 이상임을 일깨운다는 점이다."

미국의 작가, 론 마라스코와 브라이언 셔프가 쓴《슬픔의 위안》에 나오는 말이다.

슬픔은 무겁고, 아프다. 그리움을 동반하기 때문이다. 슬픔이란 단어의 어원은 '무겁다'라는 뜻의 중세 영어 'gref'에서 왔다. 또한, 슬픔은 참을 수가 없다. 마주하기 싫지만, 결국은 마주해야만 한다. 그러니 슬픔은 살면서 누구나 짊어져야 할 무거움이자, 참을 수 없는 그 무엇이다.

슬픔은 누구에게나 예고 없이, 한순간에 찾아온다. 조금씩, 천천히, 점점 크게. 하지만 대부분 그것을 감추기에만 급급할 뿐, 꺼내 보이려고 하지 않는다. 슬픔을 약함의 방증으로 생각하기 때문이다. 강자생존이라는 '밀림의 법칙'에 길든 탓이다. 그래서 복잡하고 험한 세상에서 살아남으려면 슬픔쯤은 절대 티 내지 않고 참아야 한다고 생각한다.

그래서는 아무리 시간이 지나도 슬픔의 무게가 줄어들지 않는다. 시간이 지나면 아픔의 강도는 줄어들 수 있지만, 그 응어리는 오히려 더 깊고 단단해진다. 응어리를 풀려면 자신에게 정직해야 한다. 그래야만 마음의 짐을 조금씩 덜어낼 수 있다. 자신에게 정직해진다는 것은 현실을 직시한다는 것이다. 그것은 서서히 자기 응시로 옮아가서 자신을 객관화하고 제대로 살피게 한다.

성장통

대부분 사람이 나이 들면 큰 변화를 겪는다. 무작정 앞만 쳐다보며 열심히 달려왔는데, 갑자기 잘 달려온 것인지, 앞으로도 이렇게 계속 달려야만 하는 것인지, 이런 삶이 자신이 정말 원하던 삶이었는지, 라는 실존적 불안과 의문이 시도 때도 없이 들기 때문이다. 심지어 신체, 정신, 환경적 변화가 한꺼번에

몰려오기도 한다.

아닌 게 아니라 엄청난 속도로 변해가는 복잡한 현대 사회에서 우리는 방향을 잊고 산다. 누구나 행복이라는 확실한 목표가 있지만, 언제부터인가 목표와는 다른 삶을 산다. 행복은 늘 한 걸음 떨어져 있다. 수많은 현자(賢者)가 아무리 "행복하라"라고 해도 그때뿐, 행복은 아득하게 멀기만 하다. 그만큼 삶은 힘들고 외롭다.

중요한 것은 올라갈 때는 그것을 잘 모른다는 것이다. 내려올 때쯤에야 그것을 깨닫는다. 높은 곳에 있을 때보다 낮은 곳에 있을 때 진실한 나와 비로소 마주할 수 있기 때문이다. 이른바 나이 듦의 성장통에서 오는 성찰이다.

자기성찰

고은 시인의 〈그 꽃〉이라는 시가 있다. 단, 세 줄의 매우 짧은 시지만, 거기에는 삶에 관한 깊은 성찰이 담겨 있다.

"내려갈 때 보았네/ 올라갈 때 보지 못한/ 그 꽃"

누구나 젊고 잘 나갈 때는 앞만 보며 달려간다. 누군가가 앞을 가로막고 "이건 아니다"라고 해도 전혀 들으려고 하지 않는다. 치열한 경쟁과 지나친 소유욕이 낳은 욕심 때문이다. 그러니 자기밖에 모르고, 웬만해서는 멈추려고 하지 않는다. 그러다가 인생의 중요한 순간, 결정적인 순간이 오면 비로소 깨닫는다. 그것이 전부가 아니라는 것을. 그리고 그때가 되면, 고은 시인의 말대로 올라갈 때는 보이지 않았던 것들이 비로소 보이기 시작한다.

쉰 즈음, 인생의 가을을 맞아 올라갈 때는 미처 보지 못했던 삶의 속내와 바깥 풍경에 관한 솔직하고, 내밀한 고백을 담은《나이 들수록 나는 젊은 네가 그립다》는 자기성찰의 시집이다. 첫사랑의 애틋함과 그리움에서부터 더는 볼 수 없는 사람들과 사물에 관한 아름다운 기억, 삶에 관한 뒤늦은 깨달음 등에서 비롯된 깊은 사유(思惟)가 친숙하고 감성 깊은 시어로 무장해 굳게 걸어 닫은 우리 마음을 무시로 공략한다. 그 안에 담긴 정서는 대부분 슬픔과 그리움이다. 한 것보다는 하지 못한 것, 이룬 것보다는 이루지 못한 것에서 오는 안타까움과 미련 때문이다.

누구나 마주하기 싫지만, 결국은 마주해야 하는 것이 나이 듦의 슬픔과 거기서 오는 그리움이다. 그러니 그것이 찾아오면 애써 피하지 말고 담담하게 받아들여야 한다. 제대로 슬퍼하고, 그리워할 수 있다면 얼마든지 위안받을 수 있다.